絶冷一課

羅貝托・卡薩提——著
倪安宇——譯

La lezione del freddo

Roberto Casati

獻給當時還沒來的 L.

和如今已經不在的 V.

【譯者序】感受體驗，領會自然

一九九一年二月，威尼斯狂歡節。剛結束喧鬧的周末夜，隔天早晨無預警降雪讓聖馬可廣場換上純白冬裝。下雪的時候特別安靜，前一晚耗盡能量的狂歡人潮還在睡夢中，興奮的我出門趕往聖馬可廣場欣賞人生第一場雪。廣場上臨河岸處有古代貴族打扮的一對璧人佇立，彷彿蒼涼無聲的史詩電影片尾畫面，那是我對威尼斯冬季的永恆記憶。

那一年冬天，我因技藝不夠純熟，無數次在威尼斯大街小巷摔得路人笑呵呵。等我裝備日益齊全，冬雪卻南下去了羅馬、拿坡里，只留下大潮淹水與威尼斯相伴。

淹水不浪漫。一九六六年十一月四日傍晚，因連日大雨加上季節性東南風不歇，威尼斯內海海平面猛然漲至一百九十四公分，海水甚至來不及從排水管道湧入家家戶戶，便直接從窗戶灌進室內，停話、停電、停瓦斯，威尼斯頓成不折不扣的「水都」，留下歷史紀錄。

某個深夜威尼斯如常淹水，甫從北京前來威尼斯大學任教、住在一樓的交換老師擔心到無法入睡，我和先生去陪伴，進門就看到她苦中作樂摺的一隻隻彩色紙船在玄關積水處漂流，成為切斷電源昏暗屋內充滿生氣的視覺焦點。

後來聽說，威尼斯淹水不再是秋冬專屬。一年四季隨時可能來報到。因為雨季亂了，風向亂了，海平面持續升高，內海淤泥持續堆疊。

九〇年代的義大利不知電風扇是何物。厚重的古老建築隔熱，只要人在廊內、室內、庭院內，心不靜也能涼。老一輩忌諱吹穿堂風，即便炎夏也不開對流窗。二〇〇三年熱浪突然入侵歐洲，大家措手不及，多人喪命。自此歐洲人對熱浪這個名詞不再陌生，冷氣成為熱門排隊商品，原本冬暖夏涼的老建築因法規限制不利安裝這個新時代生存必需品，喪失崇高地位。

面對偏離常規、叫人難以捉摸的氣候變化，有人積極推動各種環保政策，也有人反駁環保議題被過度消費；有人高舉經濟大纛試圖將相關議題邊緣化，也必須面對瑞典少女桑柏格（Greta Thunberg）發起全球氣候示威運動的挑戰。義大利教育部長菲奧拉蒙蒂（Lorenzo Fioramonti）日前宣布，公立中小學各個年級學生從下一個學年起必修氣候變遷與永續發展課程，然而為培訓師資、規劃教材必須增加教育預算，是無法解決財務困難的義大利政府另一個難題。

我們一面為家中添購環保購物袋，同時將鞋底因自動分解而報廢的環保鞋丟掉買進新鞋；我們抗議石油、天然氣開發破壞生態，抗議燃煤造成空氣汙染，但無法放棄在冬天用文火燉一鍋熱湯溫暖自己的胃。人的毅力和耐力顯得如此微弱。

於是羅貝托．卡薩提告訴我們，去感受體驗吧。用眼睛、鼻子、皮膚、耳朵領會新世紀的四季，不為別的，只為了認識，留下新的記憶。因為道德訴求、法律規範、人云亦云，都不如自己在生活點滴中認識自然，喜歡自然，發自內心（也許只是單純為了節約）地珍惜自然，來得持久永恆。

卡薩提應邀遠赴美國擔任訪問學者期間，全家在新罕布夏州度過嚴冬，短期租賃的房屋在森林裡，與登山客熱愛的阿帕拉契山徑咫尺之遙。是地利之便，也是為了不枉此行，他、妻子、女兒和小狗或集體或單獨在山間縱走、冰湖滑冰、林中伐木、自助建造雪屋，卡薩提寫下一篇篇如報導文學般的紀錄，同時落實他的「百分之二十理論」：從容許百分之二十的彈性（不完美）做起，包括不一定只買完美無瑕的蘋果，煮湯的時候蓋上鍋蓋或改用壓力鍋。

因困境而生的巧思，讓人不自覺嘴角上揚的，威尼斯淹水的小紙船是其一，卡薩提家帶小狗外出時的發熱石是其二，喧賓奪主擠掉原本應該占據大篇幅的災難感觸與哀嘆。我們也因此在面對瞬息萬變的未知時，多了一份樂觀，多了一分自我期許。

倪安宇

寒冷是偉大的導師，
但我們正在失去它，
而且很可能是永遠失去。

天外飛來一狗。藍頂之屋。

直到今天，我們在冰箱裡還留著新罕布夏州的雪。雖然我們稱之為**雪**，但是六月底從美國帶回來，早已融化，經歷過不同狀態，此刻是一支小冰柱。**新罕布夏州之水**這個說法應該更貼切，只是很像古龍水品牌名。我不排除有那麼一天，而且是不遠的將來，在地球的那個區域，或全世界任何地方，再也不見白雪。等到那一天，我們就可以堂而皇之，或是更有理由以水名之，液態的水，甚或是蒸發的水。那麼雪呢？將成為一個圖騰，一個名詞，一個記憶。對我們而言，那個記憶依然鮮活，冷凍室裡的雪是我們親手碰觸、捧起、另行放置的。那是我們不曾間斷，看了整整五個月的住家窗外的雪。

是過了一個世紀？還是過了短短幾個春秋？我們穿過波士頓機場安檢人龍來到行李提領區的時候，小黑已經在轉盤上兜轉好幾圈了。我們找到牠完全不費工夫，畢竟牠的籠子在行李和背包之間很顯眼，更何況還有牠搖尾巴拍打塑膠籠的規律撞擊聲，**咚咚咚，我在這裡！**其他乘客都笑了，有人伸手想摸小黑，貝雅和女兒吃味，想隔開牠，但是牠閃開了，任憑陌生人撫摸，有點抗議我們讓牠在貨艙待了八個小時的意思。巴黎地勤人員接過小黑的時候說，**貨艙有暖氣，當然有暖氣**（她翻了一個白眼。**這是什麼問題？我們難道會把狗放在冰庫裡**）。出發前兩天，我們東奔西跑就為了買到合乎規定的狗籠。這個狗籠比平日開車旅行用的籠子大許多，而且開關不是卡榫，得用螺絲起子。我們不得不仔細研究飛機運送小狗的規定：

籠子的長度規格是A＋½B

A是狗的身高

B是從鼻尖到尾巴的距離。

還有，要不要給人類最好的朋友施打麻醉藥呢？航空公司希望動物不要使用任何鎮靜藥劑，獸醫則認為讓小黑保持鎮定比較好，因此給了好大一片旅行用的鎮靜藥。舉棋不定的我們餵了半片，此一折衷結果很可能只會讓小黑噁心想吐，卻無法讓牠墜入夢鄉。總之，小黑抵達後不見任何異狀，之後幾天我們發現牠連時差問題都沒有。不過也沒人感到詫異，因為牠本來一天有一半的時間都在睡覺，至於是晚上睡還是白天睡，對牠而言沒有差別。

除了籠子之外，我們還接了成堆的行李。我，妮妮和小黑租了一輛休旅車，塞得滿滿的。貝雅和亞諾琪則坐上達特茅斯巴士。我們本來想全家都坐巴士，受限於巴士禁止動物搭乘。我們很快就發現沒有一處地方開放動物進入，雖然大家都很愛小動物。

從波士頓到漢諾瓦鎮的車程要兩個半小時。一眨眼天就黑了。貝雅和亞諾琪比我們早到，從同事那裡接手了一輛混合動力車，售價是象徵性一美元。耐用、性能佳、速度快，實際上等於是把車借給我們，等我們離開時再回賣給原車主，這段期間我們要負責汽車強制險跟第三責任險。從設在漢諾瓦 Inn 飯店內的郵政信箱取得住家鑰匙後，我們便根據導航指引往艾特納丘方向出發。開了五英里左右（大約八點五公里），我認出了春天來時走過的車道入口。兩輛車一前一後往上坡爬，掀起些許塵土，看來有好一陣子沒下雨了。

車隊停止前進，我們下車後手牽著手，屏息看著這棟矗立在林中深處、偌大的藍頂之屋，高聳樹木環繞四周，林間迴盪著千百種動物的聲音。

倒敘。預感。

醒來時，太陽如利刃劈開迷霧，斜照的偏光襯托出壯觀的蜘蛛網絡，上頭布滿露珠，看起來厚重而結實，一片白茫茫，彷彿齊聚一堂的手工鏤空蕾絲遭暴風雨襲擊後，鋪在矮樹叢上晾乾。我們真的來了。我們究竟在哪裡？

美國新罕布夏州，漢諾瓦鎮。五月底我初次造訪學院，來探路。我們得在這裡待上一整學年，所以我花了兩天時間找房子、找車（可能需要兩輛車）、幫小孩到學校註冊，並且跟行政部門詢問各種證件事宜。我決定在艾特納丘一帶租下一間等

彷彿齊聚一堂的手工鏤空蕾絲
遭暴風雨襲擊後，
鋪在矮樹叢上晾乾。

待買主上門的房子，女兒去漢諾瓦鎮上學，到黎巴嫩鎮上音樂課，到諾維奇鎮上體操課。整個歐洲地理濃縮在新英格蘭地區地圖上那幾公分的範圍內（沒錯，我們在美國東北新英格蘭地區，再往北一點有米蘭、馬德里和柏林，這些村落都只有十來個居民）。

不動產仲介帶我去看房子。林蔭中整齊劃一的外牆木板潔白無瑕，金屬屋頂漆成童話風的藍色。屋主把現任房客不喜歡的東西都堆放在車庫上方的一個大房間裡，那個房間往下走是一間美不勝收的書房，有兩面牆直到天花板都擺滿了古書，有一個移動式階梯可以沿著軌道滑來滑去，有一扇門通往院子，還有叫人屏氣凝神、感動到無以復加的整片玻璃窗，有方格窗櫺，面向樹林和陽光。現任房客對這個書房應該不大感興趣，所以擺了一台電動跑步機，這個褻瀆之舉讓我頓時臉色凝重，頗有助於談判，但我知道我手無寸鐵，因為我在心裡已經簽下了租賃合約。車庫裡有成堆的風乾木柴。我有預感。屋裡有燒柴的暖爐嗎？有。院子裡有一段砍下的巨大樹幹，已經切割成幾大塊，等待專業人士出手劈成柴薪。我可以用這些木柴？可以。

仲介跟我吹噓這個房子的另一大特色：距離阿帕拉契山徑不到兩百公尺。真的？那條兩千兩百英里長、連結喬治亞州和緬因州的徒步小徑？這似乎也預告了什麼。

上坡車道很長，而且在轉進房子之前有一段坡度很陡，沒有任何鋪面，只在某種可以吸水的砂漿上鋪了卵石，就是一條土路，我們可以叫它白石路，但實際上顏色偏金屬灰，在陽光下會閃閃發亮。

跟義大利火山同名的艾特納這個名字又是怎麼來的？仲介說房子所在的這個小鎮借用了一家老牌保險公司的名字，

或許火山爆發的圖案是一種提醒，讓大家記得買保險。總而言之，保險公司在路邊立了一個招牌，又是附近唯一的標誌，後來大家乾脆用公司名字稱呼這個地方。艾特納鎮很像是房舍密度不高的市鎮中心所在，有一間高聳的教堂，小鎮外是墓碑歪斜、沒有圍牆的老墓園。樹林也在小鎮外，不見盡頭的樹林，大片草地不多。多數房舍都隱身在樹林裡，我們之所以知道這點，是因為在朵格米爾路邊看到了幾個信箱。我們返回城市。沿途除了樹林，還是樹林。偶爾可以看到天空，出現在林梢枝椏間。

第二天早上離開時，我發現前一天晚上下雪了。可是現在不是五月嗎？春光正盛，樹木綠得發亮。但還是下雪了。我想我得讓家人有點心理準備。

最後的寒冬。氣候變遷下的生活。

寒冷彷彿不合時宜的現象讓我們猝不及防。一直以來，農夫和漁民觀看天象便可預知明天的天氣變化，但是近年來氣候變成大眾討論的熱門話題。仔細想想這實在很奇怪，我們只有一個大氣層，沒有備用的海洋，水資源無法替代，如果海平面上升，今天住在沿海一帶的居民要往哪裡去？

氣候研究是跨領域的綜合研究，參與的不只有氣候學家，還有氣象學家、數學家、資訊科學家、歷史學家、地質學家、海洋學家、天文學家跟物理學家，要發射衛星探測大氣狀態，還需要偵查員、航海家和圖書館學者測量氣溫變化、收集水和雪的樣本、在格陵蘭和南極進行岩心探測、對植物和動物攝影記錄，還要去老牌保險公司查閱文獻檔案資料。跨政府氣候變遷小組是重量級的國際政治科學合作實驗組織之一，也是人類有史以來最大的一次認識論實驗。我們數十年前就知道等著我們的是什麼，這個共識叫人不寒而慄：那就是下一次冰河時期已無限期延後，而這對我們後代子孫的生活將會造成系列連鎖反應。

因為我們人生的一次變動，接下來寒冷會在這本書的字裡行間浮現。原本我們生活在氣候宜人、雨量適中的歐洲，因為工作需要，有長達一年的時間，生活地點變成了新罕布夏州白雪皚皚的樹林，以及結冰的康乃狄克河河岸。難道我沒有經歷過類似的寒冬？怎麼可能。我記得很久以前米蘭郊區連續下過幾天大雪，年少的我在商店門口和停車場鏟雪，交通大打結，清掃到道路兩旁的雪堆過了好幾個星期才融化，在汽車排氣管下變成烏黑一片。我父母親說他們小時候，在大戰期間，如果想要快速製造一個簡易的滑冰道，只要晚上在街道潑一小桶水，第二天早上就會出現若隱若現的一層薄冰。這些故事都超出我們下一代的理解範圍，就連我們這一代也只保留了十分模糊的印象。城市裡偶爾降下一場雪便讓我們手足無措，又覺得如夢似幻。沒錯，我們會去滑雪，或在雪地裡散步，天黑後到阿爾卑斯山區飯店裡的木造小餐館享受壁爐的溫暖。但那畢竟是**觀光型寒冬**，屬於趣聞軼事。跟我們日常生活緊緊相依的寒冬到哪裡去了？

我說的是最普通的那種寒冷，我想要趕在它消失之前，抓住它的尾巴當作證據，留待日後解讀，當作是希望大家好好珍惜寒冬的呼籲也行。我不是冰河專家，也不是阿爾卑斯山區的冬季登山高手，我關心的不是極端氣候，也不是極地或海拔六千公尺入夜後讓人難以忍受的冰天雪地。我想說的是跟我一樣每天開車而非坐雪橇去上班，住在有客廳和陽台的房子裡，而不是駐紮在南極觀測站裡的普通人日常感受到的寒冷。

我也不需要再往北走，對我們歐洲人來說，北方是寒冷的同義詞。達特茅斯學院所在的漢諾瓦鎮經緯度跟義大利比薩一樣。而我在義大利居住的城市，通常會說是位在比薩往下朝南走七百多公里處。人腦會自動把地理擺正垂直來看。當我們發現智利的聖地牙哥在紐約東方、威尼斯在巴勒摩西方的時候都傻了。驗證為真。我們同樣會把寒冷想像成從極地均勻漸次往赤道方向蔓延的陰影，緯線越靠近赤道就越熱。實際上並非如此。我們所在的北半球氣候溫和，這裡的海洋、風、山和陸地集體創造了南方的寒帶和北方的熱帶。巴黎仍然以海洋性氣候為主，潮濕的風幾乎終年不輟由西吹向東，下雪偶一為之。新罕布夏州直接面向極地寒流，雖有美其名被稱為白山的少許丘陵連綿作為屏障，但又接收五大湖的潮濕空氣，因此從十一月到三月底都被白雪覆蓋，並不算高的丘陵山頂則是每個月都下雪。這是導覽手冊上寫的，我們後來也見識到了。這種冷我沒經歷過，我想要了解，而且到了這個時候也必須了解。

雜工比爾．拉瓦爾。消失的道路。

我們其實是在夏季尾聲抵達新罕布夏州，感受到大陸型氣候的炎熱、潮濕、滯悶。我們常泡在游泳池裡，在院子的木造露臺上撐著遮陽傘，散步時奄奄一息，被馬蠅和黃蜂叮咬的我們對家家戶戶都有的金屬防蚊堅固紗門感恩戴德。小黑曾一頭撞上通往庭園的那扇紗門，被反彈回去，從此只要牠靠近敞開的門，都格外小心翼翼。最好不要忘記關紗門。有天我一大早醒來，睜著惺忪睡眼看向黑暗中閃爍的電

近乎透明的淺褐色迷你蛙
跳上螢幕後不肯走，
而我不知道要如何請牠離開。

腦，聽到噗的一聲，有一隻近乎透明的淺褐色迷你蛙跳上螢幕後不肯走，而我不知道要如何請牠離開。

後背包、行軍水壺、地圖，我們裝備齊全後開始在附近進行勘查。我在地下室找到一雙狀況不佳的登山鞋，還有些許光澤，看樣式不是普通的鞋子，很簡單的綠色，全新的時候應該是螢光綠。我猜這雙鞋是房東提姆的，他比我矮一點，不過我的腳偏小，結果剛好。我沒問他就借來穿了。

這裡的植物既有異國情調，又覺得眼熟，種類不多但十分繁茂。我們走在明克溪畔欣賞奇花異草的時候，遇到了一名守護天使，他向我們打招呼。滿臉笑容的他穿著學院的綠色T恤，戴了一副哈利波特的眼鏡。他說要留意別讓小朋友觸摸有毒的常春藤葉子，這種常春藤又名三葉毒藤，會引發嚴重過敏，他是用九法則認出毒藤的：每一根莖有三根分枝，每一根分枝有三片葉子。這種植物很美，很獨特，也很有良心，讓人可以輕易辨識。我們的反應就跟所有認知頓悟一樣，在那一瞬間發現我們一直沿著毒草地走，放眼望去遍地都是，為自己躲過一劫感到心有餘悸。或許因為我們是外國人，或許因為面對全新的田野生活，也或許是因為無邊無際的樹

林，我們覺得應該要多跟這裡的居民走動。

傾盆大雨宣告夏天結束，連續多日莫名降下驟雨。屋頂是金屬材質，下雨的時候彷彿水彈轟炸。閣樓轟隆隆的噪音簡直震耳欲聾，日夜不歇。要適應不容易，但是慢慢的我們也就習慣了，怪的是後來雨聲居然能助眠，但是對小黑無效。牠整日嗚咽，心神不寧地在樓梯跑上跑下，從一個房間跑到另一個房間，直到我們把牠關進牠的籠子裡才安靜下來，最終沉沉睡去。狗好像會覺得自己對家庭成員的疾病災難有責任，只有把牠們關起來，才能讓牠們卸下重擔。

我們有點後知後覺地發現窗戶沒有窗簾，但是有遮蔽物。遮蔽物是非常紮實的一綑綑車棉布，有軌道可以拉上拉下，幾乎嚴密地隔絕了一切。優雅的白色車棉布是佛蒙特州手工製造，顯然是專為嚴寒氣候準備的。

雨水沖走了部分車道，而且是最靠近房子的那段陡峭車道。雨水積在車庫前，試圖尋找出路，一旦跨過障礙，誰還能阻止它？於是車道變成一條白色小溪，車道中央變成了一個小小峽谷，峽谷盡頭，也就是二十公尺外的河谷處，有堆積如山的卵石，全都是被溪流沖刷下去的，彷彿是對我們的一種挑釁。車子根本開不出去，因為輪胎很可能會被卡在峽谷裡。我穿上雨衣在暴雨中出門，企圖讓一切歸定位，結果就跟用頂針想將海水掏乾一樣。

房東派了比爾來。比爾．拉瓦爾，包辦各種居家雜務：除草、鏟雪、修水管、劈柴。他七十多歲，做過三次冠狀動脈繞道手術，呼吸急促，大腹便便，雙臂健壯結實。比爾穿著法藍絨格子襯衫，不用綁鞋帶的大頭鞋。他啟動鏈鋸的動作跟我們不一樣（我們是把鏈鋸放在地上，雙手握住啟動繩後用力往上拉）：抓住啟動繩把手，像玩溜溜球一樣把鏈鋸往下甩出去，等用完的時候再往上收回來。

比爾開著一輛貨卡，車上載著一台拖拉機和一堆卵石。他把車停好，降下車窗，在大雨滂沱中動也不動地看著眼前景象。我打開雨傘，不太情願地走過去問他是否需要協助，其實是想知道他到底在幹什麼。**我在思考**，戴著厚重眼鏡的他這麼回答我。我只夠格聽到這句話。

他開著拖拉機來來回回，兩個小時後，車道已經恢復大致模樣。比爾對我說，承包商施工有點問題，沒在車道中間做突起。我跟他說如果在阿爾卑斯山區遇到這種情況，會在路上每間隔一定距離以對角線埋設排水溝渠。他想了一會兒，**我在思**

一片橙黃和橘紅已經十分壯觀，
帶點金屬的、疏離的感覺。

考，然後說當然，那樣解決很不賴，不過我們這裡不那麼做。討論結束。如果繼續下雨怎麼辦？他說他自然會再運一批卵石過來。我察覺我們之間有利益衝突，但是我沒打算跟他展開阿爾卑斯山對抗阿帕拉契山的意識形態論戰。

轉眼間所有顏色都變了。紅色還未占上風，但一片橙黃和橘紅已經十分壯觀，帶點金屬的、疏離的感覺。經歷幾次暴風雨來襲，車道再度消失，比爾再度介入後，天空變得澄淨蔚藍。秋天正式來臨，景色美得不像真的。火紅的樹林裡偶爾會出現一株孤零零的黃色落葉松，**我在這裡！**我們從未見過這麼多層次的橘紅色，站在一棵通體橘紅的樹下，就連我們的臉也跟著換了顏色。我們笑個不停，傻裡傻氣的。

自成一格的樹林。頭尾顛倒的汽車電影院。

樹林，森林。我從住處出發，往不同方向推進，探索附近環境。我們那棟房子隱身在充滿不確定性的神祕區域，只要離開十多公尺就完全看不見，小徑也不留痕跡，地勢拉高意味著之後會下降，樹根盤屈錯節。我研究過地圖，知道如果繼續往北走，早晚能遇到一條路，可是我心裡有一頭古老的獸蠢蠢欲動：你已經把巢穴拋在腦後，你所在的這個地方是世界的中心，住在這裡的只有你，樹林、樹林、樹林，你環顧四周，只見更茂密的樹林，越來越難推進，你的家是一個久遠的記憶，只剩下一個朦朧的方向。

看得出這片茂密樹林並非處女地。有無以計數的人曾經胼手胝足想要接管這片並不宜居的地方。巨石被搬動堆疊起來，形成一堵堵石牆，不是為了劃分邊界，而是為了清出可供耕種的空地。經過千挑萬選，我撿了一塊長方形的石頭，跟一盒巧克力差不多大小，頗有向林中諸神示好輸誠的意思。我們把這塊石頭從泥濘中挖出來，在浴缸中清洗乾淨後放到暖爐上烘乾。有好幾天時間，在溫度烘烤下，它慢慢釋放出苔蘚和藥草搗碎後的馨香。

我們還得再努力一點融入當地文化，何不從汽車電影院開始？那是跟歐洲生活風格最不一樣的選項。我意外發現汽車電影院已經快要絕跡，有人呼籲請願，絕望祈求不要關閉僅存的幾間露天電影院。我很同情，也覺得遺憾，這個問題讓我十分憂心。有一些不可或缺的元素支撐著美國夢，像七、八〇年代《歡樂時光》電視劇裡的生活方式應該不至於完全絕跡，但是可能僅限於印地安保留區裡。我的同事約翰說，碩果僅存的其中一家汽車電影院在漢諾瓦鎮北方數英里的費爾利，而且恐怕只剩最後幾場了。我們立刻直奔現場，在入口處買了熱狗、罐裝飲料、巨無霸杯裝冰淇淋，完全照表操課。我們到得早，天色依然大亮，我在遼闊的草皮停車場尋找最佳戰略位置，緊貼在其中一個音箱旁。這個奇怪的觀眾席漸漸被車子塞滿，出人意表的是其他車停靠的方向都跟我相反。我是不是做錯了什麼？是，也不是。其他人開的是大型休旅車，他們打開後背車門，全家人窩在拆掉座椅後寬廣的後座空間裡，小朋友蓋著羽毛被，貓狗舒展地躺在柔軟的坐墊上。我們開的是小型房車，而且車身還特別矮，被迫低著頭才能勉強看到部分銀幕。我們覺得自己跟周圍格格不入（確實如此），甚至連安全帶都忘了解開。我下車就近觀察銀幕，遠看不覺得，實際上銀幕真的無比巨大，應該是專為戶外使用設計的？漆成白色的金屬浪板用螺絲釘鎖在木頭桁架上，在凸出的螺絲帽和投影布幕空隙間有上千隻蜘蛛織網作窩。我用枯枝協助一隻體型碩大的懷孕母蜘蛛爬過障礙物，牠橢圓形的腹部高高鼓起，或許因為感念我的義舉，牠未做太多抵抗，任憑我輕輕推著牠走，在一片樹皮下就定位之後就保持警覺觀望四周。在我頭頂上方是無動於衷的波西傑克森[1]奔波忙碌的身影。

1編註：改編自美國作家雷克．萊爾頓奇幻系列小說《波西傑克森》的同名電影。

初次探險。歐洲健行客。馱貨犬。

出發前有好幾個月的時間，我家廚房偌大的白板上寫滿了待辦事項：

—小孩入學。加強英語。看哪些書？
—住家：討論房租
—簽證，護照用照片
—買車，看能否買二手車（回頭想想，我好像從來沒有認真看過這一行，好像在討論是買一公斤或兩公斤梨子）
—午後課外活動安排：小提琴、體操
—接種疫苗？
—住家和汽車保險
—小黑需要的文件、護照、接種疫苗

—**買機票（包括小黑的），買大型行李箱**

—**電信公司簽約，手機**

諸如此類，寫在分隔成好幾欄的一平方公尺大小白板上，還得在歐洲辦理一點也不簡單的暫停用水、用電等各種事務。

問題是我們真能事先做好萬全準備嗎？回頭看這一點：

—**電信公司簽約，手機**

舉個例子。新罕布夏州的樹林太過茂密，不管在哪裡都很難收到手機訊號。同樣道理，我們也看不到電信公司牽的電纜線，而我們對這裡的自然環境狀況一無所知。如果房子的視野沒有完全被樹林擋住，價格立刻上揚。住在新罕布夏州或佛蒙特州（這個名字的字源是法文，意思是**青山**），得抬頭從兩棵樹之間的縫隙望出去，才能看到天際線。這片北地樹林所在的自然景觀變化萬千，我們會知道是因為地勢

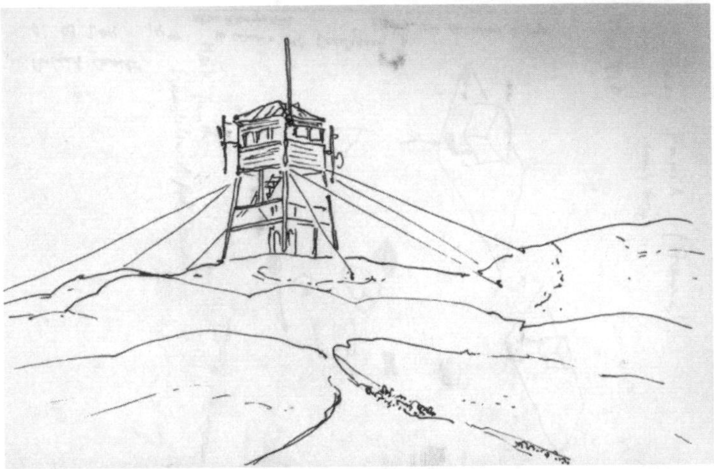

高低起伏，而且上坡路段很長，所以我們知道自己身在山區。但是視線始終受到遮蔽，偶爾會出現一片空地，但最多只能讓我們看到另一座小山，同樣林木茂密的小山。視野最開闊、能讓眼睛轉來轉去的地方是河，康乃狄克河，可以站在連接新罕布夏州及佛蒙特州的跨河橋梁上凝神冥想。不過如果不看河的話，就只有樹可以看了。我們這個地方就像是卡爾維諾《樹上的男爵》小說中的那片土地，只要從一株樹跳到另一株樹上，就能抵達太平洋。

出外探險可以讓我們明白自己身在何方，而且這很可能是唯一方法。因為渴望擁有開闊視野，於是距離漢諾瓦鎮東方數英里的卡迪根山成為我們探險的第一站。十九世紀末，卡迪根山山坡上的樹林毀於一場大火，山頂的花崗岩暴露在外，只有少許針尖大小的苔蘚勉強在受風吹雨打、冰雪摧殘的岩石上占地為王。擺脫了植物造成的困境後，我們有一種飛機起飛後撥雲見日地球全貌剎那間展現在我們眼前的感覺。難道之前我們無法自行想像？一眨眼我們遍覽群山，除了山還是山，無一不被樹林覆蓋。卡迪根山上的風自然不小，設置在山頂的氣象觀測塔用粗大鋼索固定底座，另外有成環狀散布的小石堆，印地安律法特別保障這些指引方向的石堆，不但禁止破壞，而且還必須善加維護，好讓其他人也能找到路。

熟識的朋友和同事頻頻催促我們：如果想要四處走走，不能再耽擱時間了。再過一陣子，不用多久，就要下雪了，所有避難用的山間小屋都會關閉，山徑也難以通行。於是我們一次又一次出發，一個又一個周末，跟士兵一樣不敢懈怠。結果我們變得小有名氣，成了當地人口中的**歐洲健行客**。我們去了拉法葉峰的弗蘭科尼雅谷道，還攀登了木西洛克峰和立方峰，九月中開始會在這兩處山峰遇到來阿帕拉契山徑朝聖的全程縱走山客。他們復活節從喬治亞州出發，在十分原始的路標指引下翻越整座阿帕拉契山脈。路標是這樣的：

一根直立的白色桿子，表示繼續直走；兩根直立的桿子，表示要轉換方向，但是你得看仔細，因為並沒有說明是要向左或向右轉，所以你要留神，立刻尋找另一個路標。

這些縱走山客看起來都一樣，男的臉上是蓄了五個月的落腮鬍，女的頭髮紮成馬尾，登山背包下方有一個睡袋，身上衣服的顏色難以辨識，人人手上握著登山杖。就連身上的味道也一樣，除了長時間在帳篷過夜和戶外行走累積的氣味外，還有途經某些村鎮時在自助洗衣店洗了衣服的味道。他們之中有人跟我說，整個喬治亞州的阿帕拉契山徑都在樹林裡，他們完全看不出去，因此，或許有些誇大其詞，但是他們覺得立方峰美不可言，**那是他們出發後第一次走出樹林**，在被樹幹和樹葉包圍下徒步走了兩千公里後，終於可以站在樹冠之上，眺望遠方，儘管看到的仍然是一望無際的樹林，有這種反應也不令人意外。總而言之，這一段阿帕拉契山脈的通關密語是：林中小徑。如此說來我們也可以邀請樹上的男爵來喬治亞州定居。

木西洛克峰有一處空地，是特別為了不攀登峰頂的人砍伐林木後清出來的，四分之一公頃大，整條山徑絕無僅有的一張長凳就在這裡，牢牢固定在地上。他們說那算是觀景台，砍掉那些樹木的目的是為了讓我們知道自己在哪裡。我們有些不解，只為了能夠遠眺？看出去還不是漫山遍野的樹林，已經轉黃的樹林，既看不到房子，也看不見道路，或是任何人造建物。那是一個縮影，顯然人類的野心不止於此。我們繼續往上爬，山頂風很大，很陡峭，彷彿整個縣都成了我們的囊中物。我們伸出手指指向白色和灰色雲朵匆匆飄過的天空，隨著一陣陣或疾或徐的風吹過，整片樹林轉眼就被黑影籠罩，也讓我們的臉覺得刺痛。我們躲到看起來很像砲台遺跡的石壁凹處避風，也說不定這是跟我們一樣打算在避風處野餐的另一戶人家的傑作。小黑全身發抖，我們裹在牠身上的絲巾隨風拍打著牠的背脊，或許反而讓牠更不舒服。寒冷凍僵了我們的手指，bitter cold，苦寒，我想或許可以翻譯成**刺寒**。吹了半天的風，看了半天的風景，然後匆匆下山。我們步伐堅定謹慎，接受指引不偏離山徑。字面意思是「劈石」的一種藥草可以抵擋駭人的季節變換，日曬後乾枯，冬日則結

HANOVER, NEW HAMPSHIRE
ON
THE APPALACHIAN TRAIL
2,144 MILES
KATAHDIN, MAINE 431 MILES
SPRINGER MT., GEORGIA 1,713 MILES
THIS PLAQUE PROVIDED BY:
THE CLASS OF 1934 — DARTMOUTH

凍，但是承受不住人類踩踏，那也不是它通過物競天擇考驗的原因（它也沒有再進化的需要，其形狀完美，而且能達到能量平衡）。跟普通土路並無二致的山徑兩側石牆正好可以保護這些針尖大小的藥草，免受不小心的觀光客傷害。

保護高山植物

有一塊告示牌是這麼寫的，用了「阿爾卑斯山」（alpi）當形容詞指涉所有高山，這讓我很感動，有種回家的感覺。只要沒有人覺得這是一個歐洲中心主義、政治不正確的形容詞，應該會持續用下去。

木西洛克峰山腳下有另外一塊告示牌：

不得使用刀具、騾子、山地自行車，狗可登山，但請多加留意。

小狗是阿帕拉契山徑健行者的好伴侶，身上馱著雙背包，看起來像是縮小版的騾子，聽話又活潑。背包自然是高科技材質，防水、超輕盈、符合人體工學且柔軟。我們詢問相關資訊，考慮幫小黑買一個，以免牠覺得自己在這群馱貨犬當中格格不入，得到的答案千篇一律是：至少可以讓小狗馱背自己的食物跟水。這沒問題，不過牠們真的樂意走這麼多路？狗主人是來這裡尋找自己的，這點無庸置疑，那麼狗呢？

白山山脈之王。被綁架的女兒。

我們對白山山脈之王（或至尊）華盛頓山既嚮往又畏懼。它是海拔一千九百公尺的一塊大蛋糕，說它是大蛋糕，因為跟美國西海岸的山脈和阿爾卑斯山脈相比，這個高度不值一提，通常登山由此開始才比較有趣。不過華盛頓山畢竟是密西西比河東岸最高的山，而且是地表紀錄風速最快的地方之一（這一點倒是不令人意外，因為它是氣團沿著大陸平原長途移動後遇到的第一道屏障），山頂還立了一塊牌子：每小時風速二三一英里。十九世紀的時候，在新英格蘭地區尋找標的物的波士頓藝術家為華盛頓山傾心過一陣子。我在達特茅斯學院的胡德美術館看到幾幅畫，畫中的華盛頓山被放大，山頂白雪覆蓋，山腰上有犁溝，或被拉高，向阿爾卑斯山看齊。

十月幾個周末的天氣宜人、陽光普照。我們開了兩個小時左右的車到雙峰腳下的村莊，隨意找了一家汽車旅館投宿，五〇年代的老房子，當然也可以說它是復古風格。我們一家四口加上小黑擠在一個房間裡，牆面吸收了不知道幾千根香菸的餘味。夜涼如水。這裡唯一開門營業的店面是一家披薩店，外牆掛著二輪馬車，鑄鐵燈，室內牆上釘著木板。披薩很好吃，道地的美國口味，又厚又軟，提供我們明天登山的力量，畢竟有一千兩百公尺的高低差。

清晨時分，停車場裡四處張貼了公告，說明這裡是**熊的家鄉**：不是我們的，所以我們要有做客人的警覺，才會被當作客人對待。被熊當作客人對待，我不大能想像是怎麼回事，這部分晚點再說。登山上坡路不好走，屬於競技項目。我們都差點忘了歐洲山間小徑是什麼樣子。我腦海中浮現的是義大利西北方的奧斯塔山谷，因為艾曼紐二世是羚羊角收藏家、阿爾卑斯山區禿鷹終結者兼冥頑不靈的好逸惡勞者，所以那裡的皇室狩獵道是用軍事專家一絲不苟的精神打造而成的。奧斯塔山谷裡用騾子運貨的行業興盛了一個半世紀，因為山道的每一個細節都考慮到山巒地形，避開了雪崩地區，而且道路微微墊高以便於排水，地基是一塊塊方正的石頭。華盛頓山小徑則是荒野中被踏出來的一條小路，是前人留下的足跡殘痕，是被登山客踩踏後寸草不生的碎石路，而且因為大家性子急，這些小徑的坡度都極陡，水流湍急，把所有踏階或歇腳處都沖毀，踩在滑溜溜的根鬚上直打滑，步伐不一，不是太大就是太小。與其說是健行，其實就是正經八百的登山，必須要避開壞天氣，因為想要快速找到避難處不容易，唯一一個在海拔一千五百公尺處一座不大友善的樹林附近，走在小徑上一不小心就會迷路，最好不要一頭撞進雲霧裡。

今天天氣晴朗。樹林外，在風景如畫的雲湖旁有一間石造避難小屋，但是門鎖著，見鬼了。小黑以為放鬆休息的時間到了，在可以曬到太陽的角落蜷成了一團。

還早呢，加油，還有最後一段路。我們迎風在雜草叢生的山頭又走了一個小時，差點直不起腰，抬頭便能看見山峰。

另一個告示牌阻擋了我們的去路：

請勿前進。

前方為全美氣候最惡劣地區。

凍死者不計其數，夏天也不例外。

如果天候不佳請立刻折返。

白山山脈國家森林管理處

什麼？山峰就在那裡，近在眼前！有同事跟我說過，他親眼看見他的登山導遊死在這座山頭。那是學校辦的郊遊活動，當天雲層不厚，大家都不在意，可是轉瞬間烏雲密布。以前不像現在有即時氣象預報，只能靠感覺或經驗，兩者風險都很大。天色迅速暗了下來，十分駭人，暴風雨開始轟隆隆作響，他們必須決定是要繼續前進，或返回山谷。最後他們決定攻頂。他們有兩名導遊，是一對年輕夫妻。女導遊站上一塊大岩石要叫大家集合，結果一道雷劈下來擊中了她。她先生知道事情已無法挽回，而他必須把學生帶回家，不容遲疑，必須馬上行動。轉眼冰雹落下，風勢強勁，他用風衣蓋住妻子，用石頭壓住衣服，然後在暴風雨中出發往山下走。

是什麼原因讓他們不顧一切攻頂？我們知道答案，但是我們沒有真的站上山巔，就永遠無法有所體會。有一條很舒適的車道和一條登山齒軌鐵路通往華盛頓山山頭，不過短短幾公尺，我們就從令人疲憊不堪、充滿敵意、處處刁難人的大自然來到商業中心停車場，有人攜家帶眷來郊遊，有穿著短褲的胖小孩和必不可少的冰淇淋，在巨大的電台塔下方還有自助式冰沙機。受到大家臉上歡樂表情的感召，我們走進一家餐廳，買了三層巨無霸漢堡。我們吃得很快，因為下山如果要走銜接阿帕拉契小徑的那段環形山路，還須步行四個小時。我們得沿著登山鐵軌走一段，在火車以令人擔憂的傾斜角度往下行駛的時候與它分道揚鑣，之後在山谷車站重新會合。

九歲的妮妮有鋼鐵般的體魄，她堅持要走在我們前面。我們千叮嚀萬交代後讓她先走，她說她會在停車場等我們，其實距離並不遠，再說還有小黑跟著她，不過多了牠未必教人更放心，小黑有可能跑去追兔子，而妮妮緊追在後。走了幾百公尺後我們發現在返回出發點途中會遇到一條叉路，只能憑直覺做決定，如果選錯了就會走到再往下數英里的山腳。妮妮會走哪一條呢？焦慮萬分的我們決定分開行動，我往火車站走，貝雅往停車場走。我跟房東借的登山鞋突然解體，鞋底完全脫落，我解下鞋帶盡我所能地把鞋底綁好固定，不能再浪費時間了，我精疲力竭蹬著腳後跟趕到我們停車的地方。

貝雅在妮妮跟著一位體型魁梧的先生坐貨卡離開前找到了她。那個人交還妮妮的時候結結巴巴解釋說他本打算載妮妮找到我們的車。**不然呢**。好吧，我們來美國一個半月了，或許妮妮的英文比我們以為的更好。好吧，那個人看起來不像是壞人，很有心想要幫助遇到困難的小女孩，太陽就快下山了，她萬一被丟下來一個人孤伶伶待在路邊怎麼辦。再回頭想想，我們在爬山的時候遇到過那位先生，我們有什麼理由懷疑他的善意，更何況在貨卡上還有小黑，牠也不算是什麼了不起的戰利品。但我們還是覺得差一點墜入深淵萬劫不復，我隨即聯想到史蒂芬．金的小說，某個周末家庭遠足時女兒半途失蹤，父母一輩子都在問她會不會還活著，或是已經死了，她在哪裡，我們會不會找到她，如果有一天在一個遙遠的城市跟她不期而遇，是不是還能在陌生人群中認出陌生的她。直到今天我還會忍不住盯著妮妮看：我如果沒有看著她一天天長大，我能認出她嗎？

庭院裡的動物。阿拉帕契山徑上的偶遇。

不得不承認，這片樹林很快就對我們家展現了它的慷慨大方。我在齒軌鐵路代表作之一的華盛頓山站旁買了一件毛衣，是很好的牌子。在漢諾瓦鎮 Coop 超市後面的天鵝絨岩路上買到了一個狗牽繩，比我們帶來的好用太多，不會割手（小黑會扯繩子，請容許我用帆船做比喻。小黑會把我往側邊拉，像順風航行那樣，所以我得調整風帆角度，還得彎腰控制方向。也就是說，實際上是我在拉扯牠）。然而我們都知道，樹林一般而言是充滿威脅和危險的，如果它對我們慷慨，就剝奪了其他人的好處，但如果我們的毛衣和牽狗繩需要用女兒去交換，自然一點都不划算。房東提姆跟我們說，入夜後絕對不能讓狗睡在戶外。他說我們這一帶有一隻漁貂出沒，漁貂又名漁貓，這個名字看似溫和超現實，其實牠是冷血的捕獵者。就算小黑躲過漁貂，也很可能會遇到郊狼，郊狼在拂曉時分會集體出擊。就算小黑躲過郊狼，也很可能會遇到成群結隊的浣熊。我對浣熊的印象來自於迪士尼，個性溫馴，會用馬賽皂把衣服洗得香噴噴的，再拿去晾曬。事實上牠們好像很兇猛，而且進攻時頗講究方法。漁貂、郊狼和浣熊是我家庭院裡的隱形殺手，我必須考慮這個生物多樣性的風險。而且風險持續升高：有六隻雞在我家旁邊的空地上作了窩，鄰居萊伊拉問貝雅是不是我們買的。沒有人想養雞，因為牠們會把上述三種捕獵者都引來。幸好一天一夜後這幾隻雞啄食完畢就離開了，沒有人知道牠們去了哪裡，也說不定成了捕獵者的盤中飧。我說的鄰居，是指我家方圓三百公尺內僅有的另一戶人家，從我家窗戶望出去完全看不見。萊伊拉的先生厄內斯特請一個學生在他家院子裡架設了有感應器的攝影機，記錄下夜色中有一頭熊來翻垃圾桶。居然還有熊！我們當然得把小黑留在家裡。

我開車去鎮上的時候，有人在路邊伸手要搭便車，那是一位老太太，腳邊有一個碩大的後背包。她說她人不太舒服，腳上被蟲叮了又腫又痛，問我能不能載她去藥局？我說我可以載她去漢諾瓦鎮上的 C V S 藥局，二十四小時營業，說不定藥局的人可以判斷是只要擦抗組織胺藥膏就好，或者她需要去看醫生。到漢諾瓦鎮？她放下手臂。回到鎮上的話，她之後得再花兩個小時重複早上才走過的路。我把她沉重至極的後背包放進後車廂的時候，才意識到她說的不是一般意義上的走路。這位八十歲左右、個子嬌小又滿臉皺紋的老太太跟其他來朝聖的縱走山客一樣是從喬治亞州來的，她是最後一團，第一批出發的已經走到緬因州了，她就住在緬因州，所以是正在回家的路上。我提醒她小心天氣冷，朋友說最好在十月底前結束阿帕拉契山徑縱走，否則舉步維艱。她看我的眼神，彷彿我是一隻菜鳥，我的確是，她很清楚知道自己該做什麼。

為了能在美國開車，我們必須更換駕照，不能再拖了。我的駕照是法國發的，享有意想不到的特權，只要簽個名，就成為新罕布夏州駕照持有人。貝雅的駕照是義大利發的，她必須通過一項考試才能換駕照，我想那是對義大利半島交通的一種文化刻板印象。於是我們請人寄資料來家裡，才發現我最好也一起熟讀，因為那本複選問答題小手冊根本是一本抵抗寒冷求生指南。萬一你在暴風雪中開車掉進一個坑洞裡該怎麼辦？如果你有加入強大的美國汽車協會（American Automobile Association，簡稱 AAA），他們會派人來拉你出去，再把車拖出來，但是為了保險起見，**切記要隨時在車子裡面準備一個羽絨睡袋**、一把鏟子和幾根蠟燭，蠟燭可以讓駕駛座在數小時內保持溫暖，不可思議，但是千真萬確。要有裝備，而且要事先準備。

準備過冬的螞蟻。「我的」柴薪。

我們的房子蓋在將近兩公頃（四英畝）的土地上，除了房屋正立面南方有一小塊整理過的空地，周圍全是林地。我們安頓下來幾天後，我就出於本能開始撿拾掉落地上的木柴。車庫裡有一小垛柴薪是屋主或最後一任房客留下的，一看就知道是買來的，不是在附近撿的。同樣一看就知道的，是近幾年周圍林地都沒有人照顧，只有一株歐洲白蠟樹被砍伐後切割成幾大塊等著曬乾，或被徹底遺忘，除此之外沒有任何人工介入的痕跡。林下灌木叢生機蓬勃、雜亂無章，很多蕨類開始變黃。地上到處都是枯枝，我如獲至寶。我先從離房子最近的地方開始動手，細小的綑成一束，粗重的就堆在北邊靠近山腳的溝渠裡。後來我越來越認真，開始添購裝備。我們這裡往北十五英里左右的皮耶蒙特鎮有一家散發木頭香的老店，在各種大型商業中心環伺下，因為愛，也因為驕傲始終未被淘汰，我被那裡的工作大頭鞋迷得暈頭轉向，大頭鞋鞋尖作了加固，可想而知走起路來並不舒服，但是讓我覺得正好足以應付住家周圍土地的整理清掃工作。我買了一支沉甸甸的長鋸，可以鋸開量體較大的樹幹和枝椏。每天鋸十來回，我得趕在下雪前加快速度。我這麼做還可以鍛鍊體魄，樹林是一種低科技健身房。

沒過多久，我就不得不往更遠的地方推進。地形越來越陡峭，石頭開始對運輸造成阻礙。眼睛很快就學會了如何快速有效地辨識標的物。我偏好枝幹纖細的樹，枝椏急急忙忙抽高往天空發展，因為根不足以供給所需而送命，或是掉在地上，或是呈對角線掛在其他樹的樹枝上，好像為了讓它死得有尊嚴，其他樹特地來扶了一把。我把那些枝椏弄斷，費力拖著它們前進，在越積越厚的滿地落葉上留下一道疤痕。接下來面臨的選擇是拖回去鋸，或是鋸了之後再運回去，兩者之間差別不大，我總是在兩個選項之間猶豫斟酌。如果拖回去鋸，我通常會把垃圾桶放在車庫門口當作支架；如果在樹林裡處理，就可以架在任君挑選的各式大石頭上，因此我比較傾向鋸完之後運回去，即使我得抱著一堆木柴走，或來回走好多趟才能運完。眼睛再次快速進入狀況：那株樹幹夠輕，我可以帶著走，另一株樹幹太長，必須當場鋸斷。

如此日復一日，車庫每面牆都被「我的」柴薪所占據，我堆放時很注重方法，把粗重的柴薪和用來生火的細枝交錯堆疊，提前體會有一天把它們送進暖爐的成就感。

「怪胎」。在高速公路上野餐的史詩之旅。

當你開始花時間在撿木頭、鋸木頭之後，你看待土地的方式就會有所不同。如果小徑經過樹根，樹根會赤裸裸暴露在外，鞋子會讓樹根變得平滑，雨水會讓它發亮。這些樹根的形狀讓人害怕，有的像人，有的像動物腦袋。植物界的多樣性在這裡得到驗證，之前說過，我們住在它向四面八方無盡蔓延的領土上，遲早會看見某些奇花異草，這是統計學問題。只不過當我們看到有些樹木從樹根開始一分為二，彷彿長了兩條腿，只等一聲令下就會邁開步伐向前走的時候，依然啞口無言。當我們走了好久好久再度看到它們，除了心裡懷疑會不會是剛才那幾株樹，但它們不可能真的跟我們一起走到這裡的時候，同樣啞口無言。**長途跋涉的你，究竟要去哪裡？你何須腳步匆匆，你走再快也快不過樹林啊！**至於看起來像在微笑的橡實呢，光亮綠色外殼上有兩道微笑標記，還有一頂帽子。**長途跋涉的你為什麼要將我摘下？我原來待在那裡不是挺好的？現在你可得將我隨身攜帶不離不棄！**

我特別喜歡從天鵝絨岩路轉出來下坡路上的一株樹，吞噬了一整塊岩石，直接盤踞其上，還緊緊環抱住它。這株樹不是唯一，我用影像記錄了好幾個奇形怪狀的樹根和植物，這些「怪胎」盤著腿自顧自地生長，從地面拔高的樹幹互相擁抱，在半空中交纏，它們將岩石和被人釘在樹上的鐵皮告示吞下肚，在其他樹蔭籠罩下顯得格外陰森。

幾年前，我在希臘各島間遊歷，突然想要將旅途見聞寫下來，還起了一個很幼稚的標題《自然回歸》，我想記錄的是植物界和動物界如何反撲試圖將它們趕走的人類世界。長在紅磚道夾縫中的三葉草、在廢棄保特瓶中築窩的黃蜂、躲在住家牆縫裡的壁虎、無所不在的螞蟻，在沙灘上擱淺殘骸中出沒的老鼠。所以當我看到岩石被樹木吞噬的時候，我意識到太陽底下真的沒有新鮮事。能夠在大自然中稱霸的只有大自然，始終如此，從未改變，如果發現有啤酒罐或香菸盒擋路，很快就能找到方法接納它，再以不明的古老手段使其折服，如果失敗，就將之吞噬，使其消失。

為了向大自然挑戰，奇特壯觀的美國基礎建設紛紛出現，在一片荒蕪中無中生有。為看似玩具的小火車興建了耀武揚威的鐵橋，為了給大型公共工程計畫中的高速公路讓出位置，一塊塊巨大的花崗岩就地切割，彷彿每一個州都必須要有一項驚人壯舉，每一個縣都要有一座金門大橋。不再像佃農那般辛勤耕作，不再像樵夫節制有度地砍伐，而是狂傲自大地把北半球森林當作自家後花園的附屬品。不過有一種美正來自於這種橫衝直撞。高速公路沿途的休息站空間和視野都寬敞，不吝於用炸藥破開岩石，打造避難所和美不勝收的觀景露臺。

這些基礎建設仍在興建的那個年代，旅行顯然是另一回事，慢慢走、到處看、駐足停留，時而省思，不像今天從任何一個地方移動到另外一個地方那麼方便，快速到令人暫時停止呼吸。不過我們得知道以前的汽車速度慢，坐起來又不舒服。所以說，幾個小而堅固的炭烤盆出現在一個休息站小廣場上，固然看起來不合時宜，但有其存在的理由。炭烤盆旁還立了一個牌子：

全美野餐炭烤

製造商：美國遊樂場

設備安德森公司，印地安那州

在一趟自重的旅行中你一定會停下來，撿拾柴薪後做個野餐炭烤。在一趟自重的旅行中**你會駐足停留**。

或許我們應該為即將來臨的冬季做更充足的準備。除了砍伐囤積柴薪外，還要向松鼠看齊，囤積儲備糧食。我們想起前幾天看到有三明治人策略性地站在車流量最大的幾個路口，高舉著橡膠大手揮舞，為全面特價活動做廣告。或許我們應該趁機充實家裡的儲物櫃，如果以春天作為終點的話，我們需要囤四個月的糧食？我們昂揚自得地跟著前面兩輛車走，信心十足地要滿載糧食回家，結果看到空蕩蕩的停車場，立刻明白事情不對勁。我們來得太晚了！超市有如蝗蟲過境後空無一物，看不到盡頭的貨架上乾乾淨淨（在我小時候，大家還生活在對原子彈戰爭的恐懼中，這種恐懼隨著葡萄牙作家薩拉馬戈和美國小說家戈馬克．麥卡錫描述末日世界的種種陰魂不散，他們說等每次都慢半拍的開戰宣言一發布，所有商業中心都會被搶劫一空。我們覺得自己就像是小說中沒聽到廣播的那些人，而其他人已經躲進地下避難所，身邊有吃不完的香腸，雖然外面有炸彈爆燃，他們依然享受著無以名狀的幸福感）。我們只好在超市中尋找到底剩下什麼，聊以自慰，事已至此，非買不可：看起來不太新鮮的南瓜、好一些中國和日本冷凍湯底、調味料和米粉。不知道為什麼沒能引起大家的購買慾。

我們來得太晚了！
事已至此，非買不可

華氏溫度計的邏輯。如沙細雪。跟鏟雪工人道瓊斯的口頭約定。

十二月十八日，我把這個日期記下來。凜冬已至。我剛買了一堆冬季專用輪胎，幸好我有先見之明，因為今天真是冷。車上的溫度計顯示車庫內是華氏二十七度，也就是說即便在室內，溫度已經降到攝氏零度以下了。出了車庫，車道斜坡盡頭的溫度是華氏十五度。我奮力追逐室外溫度，義無反顧繼續往下開。抵達兩個女兒學校前，經過負責供給全鎮用水的水庫下方谷地，溫度來到華氏零下十三度，之後沒有再往下降。華氏零下十三度，減去三十二再除以九分之五，是攝氏零下二十五度。我在學校門口遇到另一位家長傑森，問他溫度會不會繼續往下降，他說**不會，會回升**，然後跟海格力斯一樣冷笑著露出三排牙齒。

我得動一動，或步行，好體會這種冷是什麼感覺。我把車停好，決定走路去學校辦公室，大步走約需半個小時。我穿了三雙襪子，全新的雪靴鞋底是耐磨防滑的

我把這個日期記下來。
長達五個月的時間，我們每天都會
在聖誕故事裡的銀白世界中醒來。

橡膠材質，普通的長褲外面多穿了一條雪褲，套了兩件羽絨衣，頭上兩頂帽子，其中一頂有耳罩，可以用繩子在下巴處打結固定，我還戴了兩雙手套。每一次呼吸都覺得鼻子黏膜變得更乾。走著走著我發現有一滴淚水落在羽絨衣袖子上，我讀秒計時，發現四十秒後淚水凝成了雪，或許因為含有鹽分所以花了比較多時間。

幫我們解決車道坍方問題的比爾．拉瓦爾說，從現在開始不需要再擔心積水成災，因為根本不會下雨，我們只會看到白雪。確實如此，長達五個月的時間，我們每天都會在聖誕故事裡的銀白世界中醒來。

雪：它的同義詞是奮戰不懈。冬季專用輪胎可以應付十來公分的積雪沒問題。我們遵照指南建議，在車上擺了一把標準規格的雪鏟，和一把可以解決結冰問題的刮刀。細雪霏霏，宛如糖霜，根本不用啟動雪刷，雪花就立刻被風吹走。可是停車之後，餘溫瞬間將積雪融化，而低溫則會讓融雪凍結成極硬的冰，這時候刮刀就能派上用場。雪花極細，廚房外的露臺是石板鋪面，雪花會滲入石板縫隙裡，像沙漏那樣留出一道道凹槽，即便積雪高達五十公分也不受影響。

一切都變了，好像突如其來安裝了一個加速器，我們得快點適應。第一場大雪之後道瓊斯來報到（原本是理查&道瓊斯二人組，吵了一架之後分道揚鑣），他用貨卡載來一輛鏟雪車，雪鏟安裝在車子前方，操作簡單有效率。縣政府負責清掃朵格米爾路上的雪，可想而知，各家門前車道上的雪自行負責。見鬼了，我們之前沒想到，住在森林深處與世隔絕的房子裡固然很美，但現在要鏟除的是兩百五十公尺長的車道積雪（這是我用步伐丈量出來的長度）。我們只好打電話求救。在這種小地方不用電子郵件，也不用傳真機，只用電話答錄機，什麼數位化轉型都是騙人的。要想預約時間請人來鏟雪你只能先留言，永遠沒有人接電話，你留言之後只能默默期待，答錄機錄音是唯一倚賴。道瓊斯來了，他說只要積雪超過四指高他就會再度出現，由他判斷，這是我們的口頭約定。我們沒有太多置喙餘地，只能聽他的。

購置柴薪。暖爐。

趕在道瓊斯和大雪來臨之前，木匠先來報到了。他運來**一捆**柴薪，卸在房子前面的空地上。鄰居厄內斯特很好心地跟我解釋說，不管我在附近撿拾、砍伐的木柴看起來數量多麼驚人，最多只能撐兩個月。**還是買「一捆」柴薪吧**，他跟我說。**一捆**是什麼？就是體積一百二十八立方英尺的另一種說法（四英尺乘以四英尺乘以八英尺的平行六面體），等那一捆散裝柴薪傾倒在院子裡，你才明白到底有多少。這些柴薪剛運來的時候，我一一疊放整齊後再蓋上一層帆布，後來我們覺得應該挪到地下室，方便拿取。地下室有門直通戶外，而且是像恐怖片那種跟地面平行的金屬門。我用兩片木板拼成一道滑坡，讓妮妮和亞諾琪把柴薪一塊塊順著滑坡丟進地下室，我再用鞋尖加固的大頭鞋卡住接起來，整個過程都喜不自勝。最後我一絲不苟地重建了那個平行六面體，看起來比他們說賣給我們的數量明顯少了很多。無可奈何。

還是買「一捆」柴薪吧

柴爐。這款燒柴氣密爐（已經停產）太神奇了！我花了一點時間才搞清楚到底如何操作，因為我是在啟用它一個月後才看了說明書。這個柴爐有一個催化爐膛，利用煙氣做二次燃燒，還可以微調氧氣循環，甚至幾乎完全用不到氧氣。這個柴爐是整個家的心臟，只要一根柴薪就能燒一整晚，第二天早晨餘燼依舊火紅，短短幾秒鐘內就能讓柴爐重新加熱。有時候我們會發現小黑就躺在柴爐旁，整隻動也不動。摸牠貼近柴爐的那一面，燒燙燙的，摸另一面就是涼颼颼的。

暈雪症和幽居躁鬱症。小黑的發熱石。

在常駐不去的寒冬中我想起了一位上了年紀的朋友，他在義大利北部佛卡利亞當滑雪教練，突然間罹患暈雪症，不得不轉換職業。一天早晨吃過早餐後，他穿上雪靴準備出門迎接另一天在冰天雪地中的工作，卻不得不轉身回家。我們的問題則出在幽居躁鬱症。暈室內空間？那是長時間足不出戶、緊貼著暖爐不肯離開的人會罹患的一種免疫性抑鬱嗜睡症，類似木偶症候群。所以我們每天都會強迫自己出門，昨天我去跑步，今天去散步，至於明天再研究看看。小黑不怎麼賞光，或許應該說牠對幽居躁鬱症適應良好，最好永遠不要出門，而且現在有雪，可以清楚看見牠的活動範圍就在門口五公尺以內，生物痕跡不容質疑。問題是雖然牠願意一直待在家裡，卻不願意被單獨留下來，牠會難受，會嗚咽哭泣，會因為神經緊張而撕咬沙發靠墊。如果我們想出門吃晚餐，就得想出把牠帶在身邊的辦法。整個新罕布夏州沒有一間餐廳允許狗進入，這是法律規定。把小黑留在車上？只要一眨眼功夫，車子就媲美冰箱。後來我們找到一個方法幫小黑取暖，我很想申請專利。我們在院子裡找到一塊還算平整的大石頭，形狀偏長，重約十五公斤，這時候正好可以派上用場。出門前提早兩個小時把石頭放在暖爐上面烘烤，然後用紙袋把它包起來，外面再用各種毯子包裹，放進裝在車內的狗籠裡，這麼做有用是因為花崗岩具有熱慣性。小黑恨不得跟牠的發熱石形影不離，完全不想下車，就連我們回家的時候都不肯走。

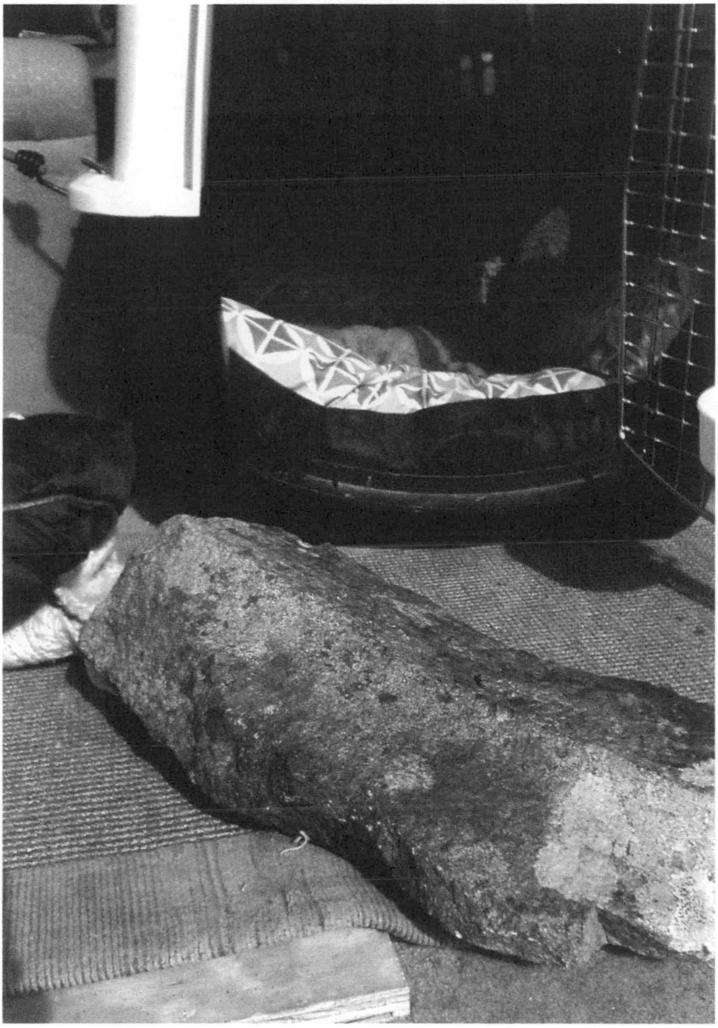

雖然有法律限制，但是美國人很愛動物，尤其愛狗。小黑的好朋友是史蒂芬，他是西黎巴嫩資源回收場的管理員，我們每個星期都會送回收垃圾過去。史蒂芬會送餅乾給所有造訪的小狗吃，而且記得每隻小狗的名字。至少他記得小黑的名字，因為牠是短毛狗，在這一帶算是十分特立獨行。**嗨，你今天怎樣，法國小狗？**

我們還是得留意不能讓小黑在家裡太長時間不見蹤影，因為有暖爐的田園生活活動範圍太大，令人憂心。像現在牠就鑽到鑄鐵暖爐和磚牆之間二十公分寬的空隙裡，那是家裡唯一一堵磚牆，非得我們開口罵牠，牠才肯離開。我們可不希望發現牠的時候已經變成一隻烤小狗，而且只有單邊烤熟。

第一個實驗：不用衛星導航，少一點電子監控。

快到羅茲柏路口的時候，有附近農莊搭建的一個木頭棚子，面對馬路擺了一張木頭桌子，上面的雞蛋和其他農產品都對外販售，但是沒有人看管，只有一張寫了價錢的紙板，**價錢僅供參考**，我一定要白紙黑字把這句話寫下來。旁邊的層板上隨意擺了一個錢筒，好像有人不小心忘在那裡的樣子。這麼做豈不是幫小偷製造順手牽羊的機會？（不付錢就把蘋果帶走，或是更糟糕，讓大家付錢買蘋果，等天黑以後再來把大家投錢的錢筒拿走？）

我五月份來的時候，房屋仲介就跟我說漢諾瓦鎮的犯罪率比全世界任何一個地方都低，大家從來不鎖門（方便水電工、清潔工和園丁進出，畢竟森林裡的大型房屋常常需要維修）。記憶中，在很多很多年以前，有一對任教於學院的老夫婦被殺，不過他們說那不是預謀犯案，兇手是兩個吸毒的流浪漢，非專業慣犯，而且是外地人，據說來自波士頓，或巴爾的摩，也不知道是否真有其事？

在紐約州四處可見這樣的告示牌：

歡迎。

這個地方

每一區的鄰里

都切實執行守望相助。

不知道這是對誰喊話，是想要讓新來者安心，還是威嚇居心不良的人。但是老實說，這麼做形同暴露了自身的恐懼和弱點，恐怕會造成反效果，讓盜賊自滿自大，讓居民終日惶惶不安。我們住的地方也讓人有二十四小時受到監控的感覺，因為某人不經意說出的一句話（**有人昨天看到你帶女兒去湖邊玩**），或是因為女兒班上其他家長的問候（**你們是新來的吧**）。

妮妮遺傳了我喜歡四處撿東西的狂熱。森林是很大方沒錯，但城市有過之而無不及。有時候我們會偷偷開車出去，彷彿兩隻獵犬四處搜尋路邊的廢棄物。貝雅每次看到我們進門都萬般無奈高舉雙手。我們帶回來的禮物包括：一張廚房用的高腳凳，其實家裡已經有五張了；一組很可愛的學校課桌椅，可是適合年紀較小的孩童，所以對我們毫無用處；還有一個雜誌架，問題是誰會買雜誌？住在生活富裕地區的好處是廢棄物的品質也很好，總之我給自己訂定了一個門檻，木頭，只撿木頭，拒絕用膠合樹脂黏起來的甘蔗板，因為那實際上等於一塊塑膠。

在回收場遇到一個人給了我們一大袋絨毛玩偶，大概原來是小孫女的玩具，但是現在她搬去另一個城市住了？我的兩個女兒自然愛不釋手，但是我們不能輕易讓步，先丟進洗衣機用九十度高溫清洗，再用漂白水消毒，結果有幾個縮水變形了。仔細想想我們的行為很怪異，我們不斷讓自己暴露在各種病原下，走進一間超市的風險比擁抱從地上撿起來的絨毛玩偶更大。或許我們想要從玩偶身上去除的是它們跟前一個主人建立的親密關係。

雖然我們四處搜刮獵物，家裡還是缺了幾樣家具，我開始留意布告欄。學生來來去去，他們很樂於把床鋪、五斗櫃、電視機一一脫手。我打電話約好時間，在U-Haul租車公司租了一輛小貨車，開始跑行程：一張可折疊的圓桌、再來幾張廚房流理檯需要的高腳凳、一個屜櫃，還有其他雜物，這邊付十美元，那邊花二十美元，跟那些心不在焉的年輕人閒聊幾句，搞笑似地殺個價，東西品質參差不齊，不過大抵都能用。最大一筆支出是床，我還跑到隔壁佛蒙特州去找。為了熟悉環境，我強迫自己不用衛星導航，這是我展開新生活之後的第一個實驗。如果使用衛星導航，你的眼睛會盯著小螢幕，不會注意外在環境，彷彿活在電子遊戲裡。但如果你使用紙本地圖，就不得不持續來回比對地圖和外面景物，因此不得不關注外在環境。而且在美國常遇到的情況是，地圖非常籠統，除非你知道路牌藏在哪裡，否則根本看不見路名。一眨眼功夫我錯過了一條叉路，開進森林裡，在一片漆黑、沒有任何鋪面的狹窄車道上倒車迴轉，直到找到一戶民宅，費力看清楚信箱上的門牌號碼，這樣當然也挺好的，問題是，這條路對嗎？

這戶民宅已經入睡，一扇高高的窗戶裡透出微弱燈光，但也很可能是防盜燈，可以設定時間自動開啟關閉（說不定這一帶所有燈都是由自動系統控制，說不定這裡根本是個鬼城）。我按了兩聲喇叭，還試著撥了電話，沒有人回答。我猶豫再三，最後還是決定下車尋找房屋入口，果然，入口在另一側。伸手不見五指，我只能用手機螢幕照明。任何人看到我這個樣子都會認定我是欲行不軌之事的小偷吧。我手心都是汗，這也可以是犯罪證據。光想到我可能會被當成小偷，就覺得自己是個小偷。如果屋主開門出來看到黑漆漆森林裡有一個黑影，八成會先開槍，再開口問我是誰。

喝醉的熊。閱讀寒冬。新英格蘭的房子。

就技術層面而言，還有幾天秋季才算正式結束，但我們已經領悟了大自然的樂章。秋季尚未結束的證明是雪地依然落葉紛紛，嫣紅色的美麗落葉被隨後降下的白雪覆蓋，彷彿大理石花紋的甜點，一層白、一層紅、一層白、一層紅、一層白。

同事索爾把車鑰匙交給我們的時候說：「我在這裡過得很好，但是這裡實在太

一層白、一層紅、一層白、
一層紅、一層白。

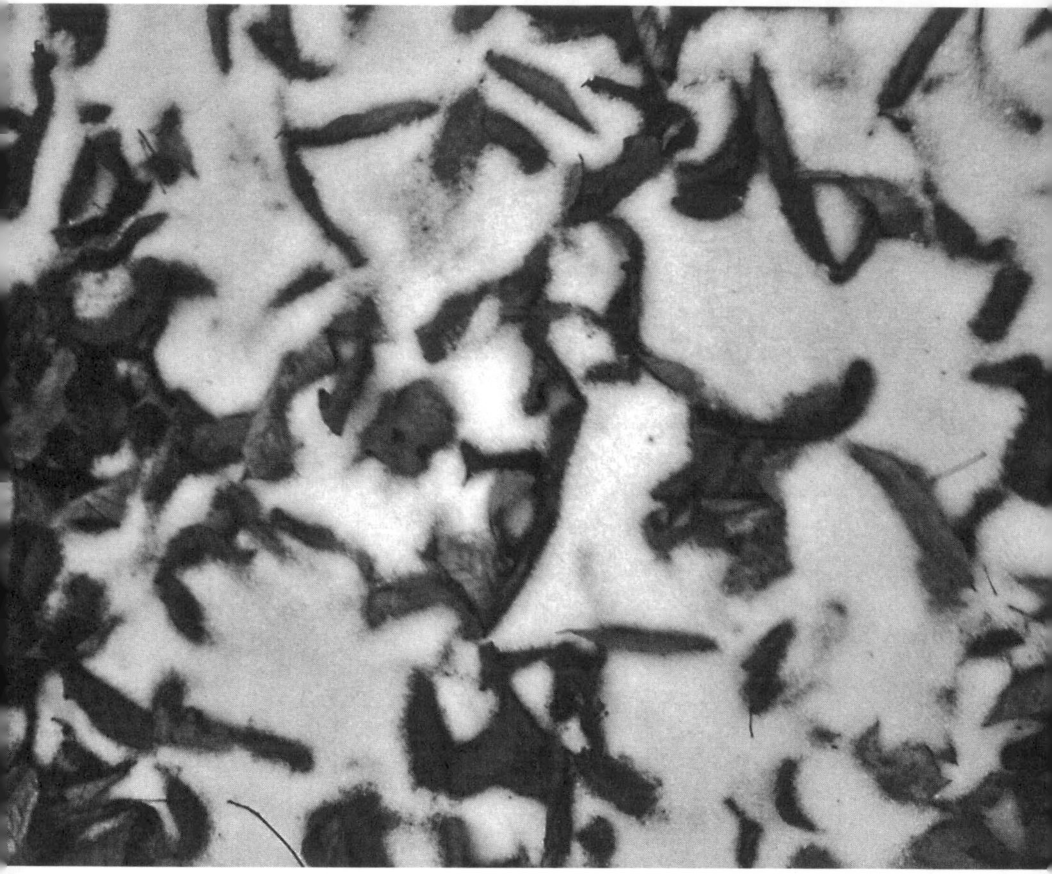

冷。冷死了！」索爾是挪威人，顯然對寒冷並不陌生，但我要跟你們說一個很特別的故事。索爾在他家的院子裡發現一頭酣睡的熊，他從窗戶探頭大吼想要把熊嚇走，結果那頭熊轉身打了一個嗝，就掛著小熊維尼的笑容再度沉沉睡去。一頭喝醉的熊？牠吃了從樹上掉下來多日無人撿拾已經發酵的蘋果，貪嘴的結果是攝取過量糖分，陷入酒精中毒狀態。一頭熊出現在民宅院子裡，讓這一帶向來無事可做的警察精神為之一振，勤奮地從鄰近三個縣沿途鳴笛急奔而至。他們試著把熊叫醒，可惜沒有收到任何回應，在一群受到驚嚇的警犬瘋狂吠叫聲中離開，再三叮嚀屋主要小心。

我們住的這個藍頂之屋看起來隔絕做得很好，只有一扇窗戶得更換。每天早晨那扇窗都被童話般的冰結晶覆蓋，是極富創意的迷你小精靈傑作，他們畫出了沙灘、礫石、蕨類、樹木、丘陵和花朵。這幅畫每天都不一樣，我持續拍照，花好幾個小時觀察它，多希望我能有設計出這些圖案的絕高天分。

書房大片玻璃窗外的月亮在風雪中慢慢爬上雲端，我看著丘陵上的樹影漸漸往下移。書桌上一本一本排好的是我接下來準備要看的書，梭羅（我讀完輕薄的《公

他們畫出了沙灘、礫石、蕨類、
樹木、丘陵和花朵。

2編註：美國十九世紀超驗派作家、演講家，與梭羅、霍桑多所交往，也是梭羅的啟蒙者。

3編註：著名文學作品《紅字》的作者。

4編註：二十世紀德國哲學家，著名作品《存在與時間》。

5編註：Adelbert Ames，美國科學家阿德爾伯特·亞莫斯於一九三四年設計的奇妙小屋。小屋背景有造成視覺錯覺的特殊設計，使站在小屋內的左右兩人，會因為背景的緣故，讓站在指定位置的觀者誤以為兩人在體形上有著巨大差異。

民不服從》之後，開始讀厚重的《湖濱散記》）、愛默生[2]和霍桑[3]，都是新英格蘭地區的作家，都格外關注大自然，敏於沉思，可以說是好看且可讀性高的美國版海德格[4]。新英格蘭地區還有其他讓人引以為傲的人物和事蹟：第一台大型電腦誕生、《小婦人》、艾姆斯錯覺小屋[5]（在科學博物館地下室完美原樣重現）、在華盛頓山腳下簽署的布列敦森林協定[6]、《麥田捕手》作家沙林傑、兒童繪本作家蘇斯博士（Dr. Seuss）、墨西哥壁畫大師何塞・克萊門特・奧羅斯科（José Clemente Orozco）的作品《美國文明史詩》。這些都是值得紀念的神奇創作，包羅萬象絕無重複，唯一的交集是它們，以及他們，都是寒冷之子。

還有一位當地名人是建築師唐・梅茨，他是綠建築先驅，設計了植栽綠屋頂跟地下屋。他對美國住宅的描述用詞犀利，而我們住的那棟房子竟完全吻合：

> **由於美國人特別在意房屋正面，許多郊區住宅坐落的方位都選擇將最好的一面擺出來給大家看，對日照、視野、風向和地形學問題視而不見。似乎不管房屋朝北或朝南，建在上坡或下坡處，正立面和迎賓小花園都必須面向街道，因為如果不那麼做，**

6 譯註：Bretton Woods system，一九四四年四十四個國家代表在布列敦森林公園召開國際會議，針對各國貨幣兌換、國際儲備資產等問題達成協議，確立相關規則及對應組織機構。該體系於一九七三年宣告結束。

就會讓人質疑屋主是否為循規蹈矩的好市民。這種將最好的一面擺在正面的結果是主入口變得可有可無。因為美國建築基因大多承襲喬治亞式風格和聯邦式風格建築，因此主要立面往往採用五分法則：兩組窗户分列在對著客廳的中央大門兩側，但是這扇門很少使用。我們依賴汽車進出，因此住宅一側通常會跟車庫相通，大家都從車庫走後門進入室內，大多會先經過廚房，因為這樣很方便。

我們家自然也是從車庫直接進入室內，唯一一處跟梅莢的描述不盡符合的是我們這個房子沒有玄關，也就是為避免將泥巴帶進室內的換鞋空間，因為雪地撒了鹽的緣故，鞋子難免會踩到變得溼答答的。除此之外，這個房子跟梅莢說的如出一轍：對稱的立面，跟屋頂一樣漆成藍色，但色調更鮮豔的主入口從來不用。

比爾．拉瓦爾帶著鋸子和榔頭來，我們聽他活力充沛敲敲打打了一整天。他到底在忙什麼？原來是替屋子前方的灌木叢做遮雪棚。

我對於人類周而復始對抗大自然這一點很著迷。除了上面描述的住宅特色外，這裡所有房屋前面一公尺處必須要有一排灌木叢，否則就是不合格的住宅。於是我

們家門前也種了黃楊木和杜鵑花。可是屋頂上的積雪不時會掉落在這些灌木叢上，如遇下雨和低溫，積雪就會變成重量級殺手，壓壞雪崩時倖免於難的枝椏。所以得用木板釘成的斜頂遮棚保護這些脆弱的植物，在初雪降臨前架起來，入春後拆除，夏天收起來，每隔一年重新油漆一次。我們忍不住要問：為什麼要把灌木叢種得那麼近？為什麼不選擇不怕屋頂積雪掩埋的植物，非要種無法適應當地氣候的嬌貴杜鵑花？（我不知道堆在後門的那些木板有什麼用途，拿了幾片做成一個箱子，好存放我那些寶貝枯枝，後來因為罪惡感偷偷拆了，只希望比爾不要發現。）

風不停歇，而且偶有突如其來的強陣風。

一天晚上回家的時候，我們發現有一棵樹倒在車庫前方的小型籃球場上。我們覺得有兩、三棵歐洲白臘樹離房子太近，請比爾和房東對它們的健康狀況進行評估。

每天早晨套著兜帽的我們都低著頭、背過身逆風站在大馬路邊等校車。美國校車這個制度堪稱完美，完全符合小朋友的想像：顏色鮮黃、碩大無比、轟隆作響、後輪驅動不大穩定，開車的司機是剛從某個戰場上退役的老兵。免費校車緩緩地在這個稱不上社區的社區裡轉一圈，到校前要停十多站。

幸好我們住在校車路線的後半段，儘管如此，依然得在早晨七點二十五分站在路邊等候，不能遲到，如果司機沒看到人不會等，也不會按喇叭，直接開走。雖然暖氣開到最強，車窗永遠結了一層霜。校車暫停的時候會伸出黃黑相間的伸縮軟管，一根阻止學生從校車前方穿越馬路，另一根警告校車後面的汽車駕駛不得超車，同時還會有幾盞橘色車燈旋轉發光。我有一次因為不耐久等違反規定超過了一輛在路邊暫停的校車，司機氣壞了，一邊按喇叭一邊閃大燈，整輛校車看起來彷彿活物，或許它真是活的，是雪地裡的一隻大昆蟲。

妮妮和亞諾琪已經可以自己沿著車道往下走，小心翼翼地過馬路，手牽著手一起等校車。在寂靜的樹林裡，大老遠就能聽見強而有力的柴油引擎逐漸靠近，一二三。**來了，來了。**彷彿為了這個公共服務存在而歡唱。

陰影和樹皮的尊嚴。

你們如果經過這一帶，可以在離開紐約州的時候注意一下城市密度的變化。直到耶魯為止變化都不大，那可以說是整個紐約州唯一的郊區。進入麻塞諸塞州之後開始有輕微變化，房舍越來越少，等到了新罕布夏州就只剩下一堵綠牆。不是所有人都能忍受這堵綠牆，我反而在受綠牆庇護的時候才覺得安心自如。

所以要我開車反向從新罕布夏州前往藝術家賴瑞．卡岡（Larry Kagan）在紐約州特洛伊的工作室訪問他，意願不是很高。我告訴自己，就當作是學習焊接的機會吧，他拿銲槍操作就跟拿鉛筆畫圖一樣輕鬆。卡岡的雕塑作品堆放在工作室裡，那些讓人看不出所以然的一團團糾結纏繞的扭曲鐵條，每一個都有不明所以但必不可少的數字編號。不管你怎麼看，或怎麼擺弄，都看不出名堂，必須掛在牆壁上，再根據說明書上的指示架設燈光，燈一亮起，魔法就出現了：那一團鐵條會投射出讓人意想不到的影子圖像，一只高跟鞋、一個黑圈、一隻狗或一個走路的人。「我的作品其實不能算是雕刻，」卡岡說。「我是用影子作畫。」

卡岡只有一隻眼睛視力正常，另一隻眼睛在他小時候玩爆裂物意外受傷後永久受損。「沒有人會注意影子。」他這麼跟我說：當你觀看一個物體，你的目光會聚焦在實物上，影子永遠在視線邊緣。我想要創作出讓你們專注觀看影子的雕塑，讓實物邊緣化。你現在看到的這隻蚊子只是影子，可是你會記住它一年。而製造出影子的這團亂七八糟的四不像鐵條，你肯定會忘記。

我學到了什麼？一，觀看本身就是藝術；二，必須掌握專業技巧，所有藝術皆然；三，至於掌握什麼技巧，端賴你觀看的是什麼。專門組織極地觀光旅遊考察團，同時積極為北極熊發聲的雷米．馬里昂有一次問我要不要陪他去北極研究美洲原住民因紐特人如何用影子辨識雪的不同種類。或許此時正是展開這類勘查工作的好時機。

例如，觀察冬天的影子：如果天氣晴朗，**所有影子都是藍色的**。我之前從未察覺？或許有所察覺，只是之前看到的數量沒那麼多，也沒那麼藍。

住在冰天雪地裡，並不像我原先以為的，是住在一片雪白的世界裡。或許在大草原上，或是連樹木也長不出來的高緯度地區，能見到我們心中預設的寒冬景象，跟複製了上千次的明信片一樣，效果完美無瑕。但是我說過，在我們這裡，周圍除了樹林什麼都沒有，放眼望去到處都是影子、影子和影子。於是黯然失色的白雪加上天空的藍，等太陽一出來就全部變成一片蔚藍：藍色的天空和樹木藍色的影子。那感覺彷彿置身海洋之中，被藍色海水包圍，唯一差別在於這裡的藍是靜止的，而且永恆不動。

卡岡帶我到他工作室所在的社區走了一圈，那是高級住宅區內一條大約一英里長的環形道路。住宅區入口處設有紅白相間的欄杆，各戶院子並未設置任何圍欄，不過他因為對幾株樹的樹皮感興趣，踏入別人家草皮上拍照的時候，我還是會有做

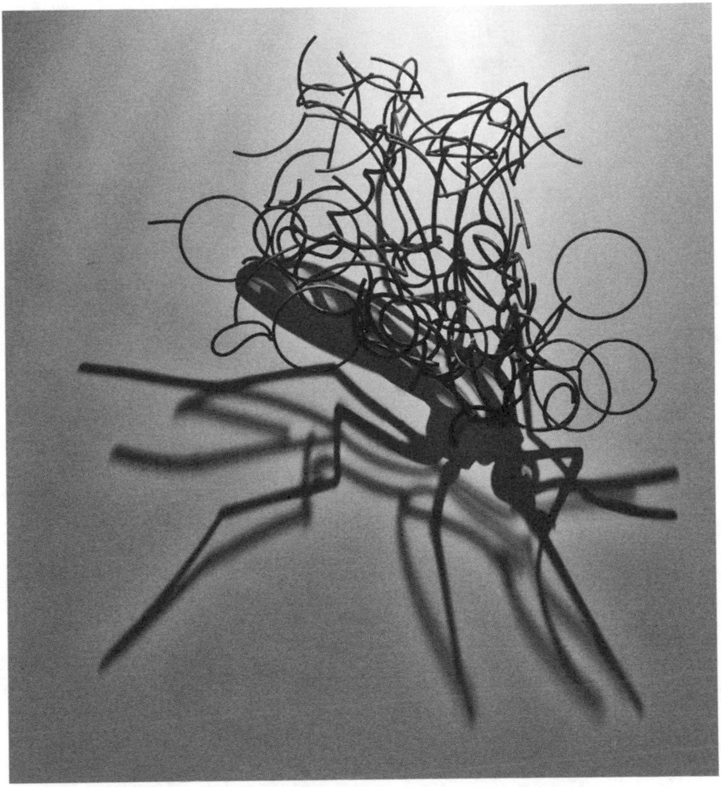

把燈關掉，蚊子就不見了。

壞事的感覺。樹皮。只要花上足夠的時間，仔細觀看，便意味著給予尊重。卡岡用他布滿老繭的手撫摸一株橡樹的皺褶，用指甲從法國梧桐樹上摳下灰色木屑。我想起我小時候畫樹木總把樹幹畫成褐色，其實仔細看，灰色才是樹木的主色調。我想修正小學美術課的教學內容：大家拿綠色色筆畫樹葉，灰色色筆畫樹幹和枝椏，藍色色筆畫陰影。或許也可以用綠色畫樹幹，你們知道的，樹幹常被青苔覆蓋。不知道家長會不會抗議？

調音師斯林．佛雷斯特。鋼琴的多樣性。

客廳裡的鋼琴有些走調，我們得讓顯然被擱置多年的它恢復原樣，重新上場。請來的調音師是斯林．佛雷斯特，個子很高，窄肩寬臀，步伐搖晃，行進緩慢。他已經退休了，不過退休對美國人來說不具實質意義，他應該會工作到人生最後一刻吧，但不是因為樂在工作。他跟我說明如何收費後，便從一塊黑色天鵝絨布裡拿出調音工具，看起來不是很專業，也或許只是手藝有些生疏。第一輪調音結束後情況自然有所改善，出人意表的是他停下手邊的工作，跟我說如果想要**細調**，得多付三十美元。英文 fine tuning 這個說法對耍心機很有幫助，如果換成義大利文，絕對沒有第一輪只是「調完音」，第二輪才會「調好音」的說法，要嘛是已經調音，要嘛是還沒調音。我當然要**細調**，這個錢不能省，於是斯林又調了一下音準，但差別並不大。

我一邊看著他工作，一邊觀察這個奇怪的直立式鋼琴，跟琴鍵垂直相交的那段只有矮矮一截，品牌標誌下方的城市名我沒有聽過。這架鋼琴的樣子很特別，代表的是已經消失的鋼琴多樣性。一個世紀之前，美國每個城市都有自己的鋼琴製造商，那些個人色彩鮮明的廠牌名牌令人稱羨，光是內銷市場就足以撐起這些小企業的營運。我勾勒的理想畫面是夜幕低垂後，家家戶戶都在女兒亂彈的鋼琴聲中齊聲同唱。我猜想，或許其中幾個有遠大抱負的鋼琴製造廠開始向外出口。或許他們偷偷抄襲競爭廠商的想法和創意，每一次都加入一些新的細節。以我們家這架鋼琴為例，裝飾風格典雅，兩支小方柱撐起琴鍵，木頭的顏色很美，可惜音板已經破損，所以不管斯林的調音是精確或敷衍，大概最多只能撐幾天。我們必須忍受數不清的漫漫長夜裡荒腔走板的琴音。

三隻腳的小狗。得救的舌頭。第二個實驗：小黑在雪地裡是什麼感覺？

為了能夠繼續在凜冬之地上進行探勘，我們給小黑買了兩雙鞋（或許應該說四隻鞋，因為小黑是四足動物）。鞋子是黑色的，很高科技，很先進，用魔鬼氈在腳踝處緊緊固定。鞋底有立體花紋防滑設計，不過抓地力不算特別好。我們之所以決

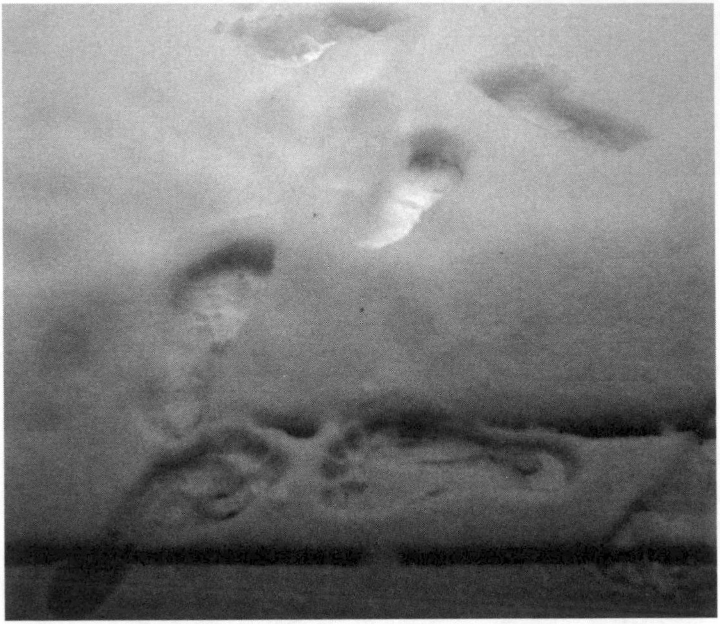

定給小黑買鞋，是因為看到牠變成了三隻腳小狗。牠走路的時候總是會讓其中一隻腳抬著不肯著地，以免碰觸到結冰的地面，只用另外三隻腳前進。

牠現在穿鞋走在雪地上挺開心的，不過遇到結冰的話還是寧願打赤腳，比較容易抓住路面。總之，為了避免滑倒，牠的步伐小而快，每一步都小心翼翼。

亞諾琪在院子裡吊單槓自我鍛鍊的時候，一時糊塗伸舌頭去舔金屬欄杆，結果舌頭就被黏住了。妮妮很激動地跑進屋子裡叫我，我在大家尖叫聲中連鞋都沒穿就衝進雪地裡。懸在半空中的亞諾琪雙臂抓著欄杆，蜷縮著身子以免失去舌頭（幸好她是花式體操得獎選手），跟牛和驢一樣用嘴巴呼吸（她向來討厭這樣）我們成功讓她脫困。

要時時鍛鍊，保持運動，對抗**幽居躁鬱症**。我常用我在市中心路邊撿回來的滑步機，熱到快要出汗的時候，就把衣服脫了出門，像被砍倒的樹栽進鬆軟的雪地裡，短短幾秒鐘，感受寒冷侵入腳踝、太陽穴，呼吸困難，再立刻衝回家窩在暖爐前方，相形之下那暖氣猶如放射線。或許有軍國主義傾向的德國小說家恩斯特·榮格（Ernst Jünger）那樣的人就是這麼生活的，他是自我淬鍊的神話級人物，不知道這個說法有何意義。我個人比較想知道短毛狗小黑在雪地裡是什麼感覺。不過說真的，人是會慢慢習慣寒冷的，我的意思是習慣季節變換。後來我決定把滑步機直接搬到院子裡放著，既然可以在戶外做運動，又何必關起門來做呢？

「暴露致死」。樹雪崩。

我們收集了各種生活資訊。所有觀光導遊手冊裡都特別提醒「暴露(在寒冷中)致死」，也就是凍死，還舉了近年來發生的幾起意外事故為例。附帶的小叮嚀在我看來頗為矛盾：即便脫到只剩下一條內褲，也要把濕衣服換下來，**因為尷尬不會讓你送命，但是寒冷會**。我知道通常殷切叮嚀的目的，與其說是提供預防性建言，不如說是希望能夠避免已經發生過的駭人聽聞事故再度發生。我們無法預見事情進展不如預期的種種可能，但不該為了這個原因在洗衣機說明書上載明不得把貓放入滾筒內脫水。使用說明書這麼寫不是因為工程師是動物之友，所以他們很擔心這些家庭小寵物的健康云云，說明書會這麼寫，是因為有律師和律師事務所跟真的把貓放進滾筒裡脫水、然後向廠商求償的顧客對簿公堂，而顧客的求償理由是**在說明書上並未標示這麼做會有危險**。今天說明書之所以會有這段突兀的文字，既是為了提醒，也是為了避免糾紛。所以**尷尬不會讓你送命，但是寒冷會**這句警語是某個悲劇事件的見證，事件中主角渡溪的時候跌落水中，因為**過於矜持**所以沒能及時換下濕衣服，最後送了命。也就是說，為了避免凍死，你必須赤身裸體，認知和道德之間的鴻溝難以跨越。

前所未見的新型自然現象是樹雪崩。我想這是橫跨地質學、氣象學和植物學的一個現象，應該沒有特定的專業用語。當雪下很大，風又不強的時候，樹葉被乾而輕的雪覆蓋，地面結冰吱嘎作響，樹林被掩埋，冷杉枝椏低垂，以至於整株樹看起來像是從地上長出來的一個甜筒，很神祕，堅不可摧。這個狀態維持兩天後起風了，風吹過樹梢，雪掉落到下層枝椏，引發一波雪崩。這只是開始。擺脫了積雪的枝椏跟投石機一樣彈起來，將砲彈射向其他樹木，然後換其他樹木一株接一株抖落積雪，骨牌效應一發不可收拾，樹林裡揚起一團白雲。雪崩看似逐漸平息，其實不然，新的一波啟動，直奔我們這裡而來，到最後一刻才轉頭撲向另一株樹。年輕的針葉樹更是滿載白雪，折彎的枝椏彷彿合起來的傘，像是戴著白手套、臂膀緊貼身體立正站好的小兵。然後**嘩！**突然間舉起雙手，手套飛出去甩到旁邊同伴的臉上，引得其他姊妹哈哈大笑還以顏色。樹雪崩的時間無法預測，範圍也難測，水平移動，路線

飄忽不定，突如其來，粗暴殘忍，必須找地方避難，就跟遇到暴風雪的時候一樣。

我走在樹林裡絲毫不敢大意，感覺到寒冷將意識慢慢逼到身體最深處，就如同血液躲到末梢去以便繼續循環。我變得越來越小，因為臉和手都不再真正屬於我，我只剩下一個殼保護思考的能力，耳朵和額頭是隔離層，到最後我縮小成一個點，不再有任何維度，就在眼睛後面，宛如隨風搖曳的怪手駕駛座裡的小小駕駛員。就在那一刻，我消失不見，世界闖入，如果我近乎不存在，那麼存在的就只有世界了。那一刻全神貫注，流動不止，幾乎不受控。我無需關注周遭事物，那些事和物**自會呼喚我**。

然而我必須在這一切消失、身體因寒冷失去知覺之前停下腳步。有一次我把工作手套留在屋外，後來我在幾塊結凍的木柴旁找到，手套已經蜷縮成一團。這大概就是人凍死的狀態吧？我知道我必須快速轉動手臂才能讓雙手暖和起來，離心力會將溫暖的血液推向伸展開來的手指。我是在哪裡學會這一招的？阿爾卑斯山脈。某一年元旦，格里尼亞山避難山莊裡的登山客有幾名醫學院學生，他們其中一個人教我的，我當時還是中學生。這可不是什麼老祖宗的智慧，不然我奶奶應該會告訴我，畢竟她對寒冷並不陌生，也不是我看書學來的。這個手勢雖然簡單，但是很有效，跟一個人懂不懂物理學和生物學理論有關。很多人都在嚴寒中失去雙手，因為我們所有人直覺會做的動作是：搓手，對手呵氣。可是這麼做僅能治標。要挽救我們的雙手，只需要模仿風車的動作，可惜我們不知道。

老祖宗的智慧告訴我們要保持活動，才不會受凍而死。多年前一群朋友相約，循義大利登山家李卡度・卡辛（Riccardo Cassin）在曼德洛・德拉里歐鎮（Mandello del Lario）北方馬鞍山麓那一段的卡辛路線攀登阿爾卑斯山，但是出發時間太晚，攀登途中天色已黑，而當年沒有手機這個東西。夜色中幾個家庭都慌了手腳，救援隊伍從山腳出發進行搜救，其中一家人的父親走健行步道率先爬上山頂，信心滿滿地在那裡等候，等到拂曉晨光乍現，才看到一群人冒出頭來，筋疲力竭。原來為了不被凍死，他們一整個晚上都在同一段山壁十公尺間來回折返，爬上爬下，這個經驗教人永生難忘。總而言之，冬眠這個選項不適用於我們人類。

舒伯特的冰晶。

冰之花持續在玻璃窗上綻放，說明這個屋子的隔離不夠完善，我們剛開始還以為它堅不可摧。玻璃太薄，用指甲輕敲就會顫動。寒冬中這一幅幅玻璃窗畫將我們帶回了十九世紀，那時候童話故事當道，或許是因為沒有更好的娛樂（電視？），也或許是因為這個世界真的被施了魔法，而舒伯特用他《冬之旅》中一首神奇的藝術歌曲娓娓道來。

「我夢見五月的花」，那首歌歌詞這麼說，還有綠油油的草地和小鳥聲啾啾。然而公雞啼叫將我喚醒，天色未明，寒冷刺骨，烏鴉在屋頂上聒噪，跟夢中的婉轉鳥鳴大相逕庭！好，全部不許動，大家看一下這裡：是誰在玻璃窗上作畫？你們還在訕笑那個看見**繁花在冬日裡盛開**的是癡人說夢嗎？

如果詩人徹夜未眠，或許可以看見那恣意蔓生的冰之畫從無到有。玻璃就像是一面大自然的電視螢幕，只是步調緩慢。如果用縮時攝影拍攝下來肯定很美，看著

大家看一下這裡：
是誰在玻璃窗上作畫？

它生長、變幻，每天都不一樣。而且最奇妙的反差在於畫中元素是蕨類、棕櫚、巨型花卉和大草原，呈現出屬於熱帶的景觀。我開始思索該如何用影片捕捉冬季，萬事萬物都放慢了速度，必須找到一個方法記述這種停滯狀態和幾不可察的變化。

踏上白色冰湖。鞋帶鬆脫的危險性。

不過我同時還得對抗幽居焦慮症。我在屋子後面練習極限滑雪運動，我先徒步往上走進入樹林裡，再在林木間找一條下坡路，像迪士尼動畫中的花栗鼠兄弟奇奇與蒂蒂那樣滑下來。很刺激。我們走到整片結冰的莫瑞湖畔，看到好幾個穿著格子襯衫的男人，我只能想像他們的羽絨衣應該是穿在背心下面。他們用偌大的鋸子在湖面上切割出一個洞之後，就坐在塑膠箱子上開始垂釣。我的兩個女兒都穿了冰刀

鞋，我則走在環繞湖畔的小徑上，跟湖泊保持距離。亞諾琪想到把小黑當成馴鹿拉著自己前進，豈料牠自行決定要往湖面移動，而不肯鬆手放掉韁繩的亞諾琪就被牠拖著走。我們高聲呼喚牠回來，要等結冰厚度達十八指後，湖面才開放讓人去上頭活動，問題是十八指夠嗎？走在湖面上，偶爾會聽到**啪**一聲，很像槍聲。我在靠近被白雪覆蓋的平坦地面前，都會想這是草地，還是湖泊。雖然有跡可循，但是難免有些疑慮。這裡到處都是池塘，既然我不認為會有農夫跑來樹林深處的空地上種東西，那就最好把所有被白雪覆蓋的平地都當成是水面上的一個魔法罩，暗中等待，蠢蠢欲動。

我帶著小黑出發，健行前往漢諾瓦北方的美麗小鎮萊姆，路上沒有遇到半個人。通常在阿帕拉契山徑上總會遇到人，但是這一次沒有。幸好積雪在高處，我認真留意後勉強可以辨識出前人留下來的足跡，否則白色的路標跟因為風吹而黏在樹幹上的雪團之間根本分不清楚。放眼望去，黏在樹幹上的雪團在我看來跟山徑上的路標一模一樣，難道就不能把路標漆成紅色嗎？顯然他們沒想過有人會在冬天來爬山，山徑在特定季節對外開放或封閉，不建議在開放時間之外入山。

所以此時此刻只有我和凜冬先生。我裝備齊全，有雪鞋、雪杖、雙層防風外套、雙層手套，口袋裡還有儲備糧食跟熱茶，但是我知道萬一發生任何意外，無論大小，都有可能危及性命。首先要注意的是，如果沒有戴滑雪鏡，保護好鼻子，就不能逆行而行，否則眼睛會太過乾澀，不舒服。我還得戰勝恐懼，避免陷入焦慮，就連最簡單的動作都要事先考慮到。例如，我走到一半發現鞋帶鬆了，真是糟糕。我停下腳步，冷靜地研究所有步驟，最後才脫下手套重新繫緊鞋帶。我大概花了十秒鐘左右的時間，前面五秒鐘一過，我的手就開始抽痛，沒辦法好好打結。直到戴上手套後才比較好，但仍需要時間手才漸漸暖和起來。

靠近絲絨岩的時候，我和小黑被困在一段石階處。那裡剛下過雨，雨水落在冰凍的地面上瞬間結冰，彷彿形成一層光滑的釉面塗料，無法通行，我只能回頭。我記得之前看過原住民用鬆緊帶把造型有趣的防滑冰爪固定在鞋底，我也去買了一雙，很好用。有一次我在紐約短暫停留，一大早跟小黑到湖畔公園散步，那裡也結冰了，冰爪讓我在其他帶狗散步的老太太面前大出風頭。其中一位看到小黑很不爽，對我扯著嗓門問：「牠是誰？」我問她什麼意思，她很沒禮貌地又問了一次：「牠是誰？我之前沒見過牠。」看來這是那位老太太的習慣，清查狗的數量，從不懈怠。

地平線上的太陽。偽裝成當地人。

所以，到底要如何呈現冬季？我開始回想去年夏天在海邊看日出的縮時攝影影片中那一幀幀畫面。

計畫如下：每天記錄隨著季節越接近冬分，日出點從地平線北面慢慢往南移動，越靠近夏至，日出位置就回頭越向北移動的變化。

我希望能讓人看見，也可以說是讓人**看出**太陽沿著群山輪廓移動的奇怪軌跡。我們的廚房窗戶面東，每天早晨絢爛陽光照進來便點亮整面牆壁，即便是多雲陰天，太陽偶爾也能從雲間露臉。我只需要決定在哪一片防寒車棉布上固定縮時攝影機，選定取景角度就好。設定拍攝的自動間隔時間對我而言反而是一件麻煩事，我得根據地平線的變化計算每天黎明時分的日出時間，還不如每天早晨下樓到廚房自己手動拍攝。為了準備這件事，我認真地觀察了這間屋子的窗戶，這才發現窗戶玻璃不是我最初以為的那樣，把一個窗框切分成六格窗櫺，每格窗櫺各自鑲嵌一塊玻璃，而是在一整片大玻璃外面黏上方格窗櫺，勉強符合殖民地風格。這是慣用的建築手法。不過要不是有這道加工工序，這間房子近看恐怕更像是芬蘭的郊區住宅。

我給自己設定記錄這些事情的原則是，像一開始那樣，不上網查詢，把大家告訴我的白紙黑字寫下來，不做任何查證。我畫了很多圖，但不是用我拍的照片來描摹，只寫下我不經意的發現。觀察，聆聽。今天我跟比爾劈了一小時的木柴。我故意在外頭穿了一件格子襯衫，偽裝成當地人。

不停沖馬桶。一天攝取五千卡洛里。

持續低溫嚴寒，我們在始終如一、悄然無聲的大雪陪伴下進入新的一年。一月七日，房東提姆寫 email 來要我們注意：

親愛的羅貝托和貝雅，我只想提醒你們在這極冷的日/夜裡，最好讓水龍頭持續流出少量溫水，差不多每十五分鐘裝滿一個茶杯的出水量；還有我太太說三不五時要沖一下馬桶，以免一樓浴室地板下的水管結凍。基本上，只要室外溫度接近或低於華氏十五度（攝氏零下十度），我就會開始這麼做。也可以順便換掉那張粉紅地毯。

我們承諾會遵守規定。這些年來我們和女兒已經養成習慣刷牙的時候一定要關水龍頭，讓水持續漏個沒完叫人難以接受。至於馬桶沖水就更糟了，光想到在富裕國家我們是用**可飲用水**洗澡、沖馬桶就讓我揪心，如今更有甚者。總之，沖馬桶變成了我們家的一個遊戲，不時會有人衝進浴室大喊說：輪到我了！至於提姆最後提到的那張神祕地毯，我則斷然拒絕。簡單解釋一下：我們搬進來的時候，裝修工人還不斷進進出出（藍色連身服、格子襯衫、收音機），來之前不事先通知，大搖大擺地就這麼闖進來，修修這裡，改改那裡，大門永遠是開著的。有些修繕工人是來做定期維護的，帶來小小不便我們就儘量忍耐，但是其他人來施工顯然是為了讓房子賣相更佳，給所有門上油漆，水龍頭換成鈦金屬等等對我們來說毫無意義的事。有整整一個星期的時間，藉著來不及在我們抵達前完成工作的理由，好幾個穿著工作服的小夥子和他們的工頭把廚房弄得亂七八糟，拆了我們覺得好的不得了的美麗實心木流理檯面換成仲介認為每個買主都夢寐以求的綠色花崗岩檯面，但我覺得看起來像墓碑。不過所有認識的朋友都說，他們如果買房子，第一件要做的事情就是換掉廚房流理檯。因為家庭生活是以廚房為中心，流理檯就像是聖壇，是圖騰。還有，整個閣樓都鋪了粉紅色地毯，地毯很厚很軟，杯子放在地毯上都立不起來，會因為軟綿綿的厚度歪向一邊。這個地毯比床還舒服，有時候我們會發現亞諾琪躺在那裡睡著，書蓋在臉上。光想到又要花一個星期的時間換地毯就讓我毛骨悚然，說不定會換成冰冷的白色，簡直令人憂心。冬天才剛開始，我們要在這裡待到六月，難保不會把地毯弄髒。最後這個說詞打動了房東。

連續幾個星期零下二十度低溫讓人喘不過氣，唯一的禦寒方式除了吃，還是吃，囤積卡洛里。任職於寒帶地區研究工程實驗室的貝特・戴維斯因為工作關係，常常得去極地基地，他跟我說要想在南極洲活下來，必須設定**每天攝取五千卡洛里**為目標。問題是要如何攝取到這些熱量？你不可能連續兩個月每天吃五千卡洛里的能量棒和玻璃紙包裝的三明治，你會放棄一切，陷入低潮，還會覺得冷：心冷，而且那股寒意會如影隨形，揮之不去，即便在你入睡的時候也一樣。所以呢？所以基地聘請了手藝高超的主廚，而且是重金禮聘，就是為了不讓研究員和技術人員被飲食焦慮所困。每天五千卡洛里來自塞了香料、搭配花椰菜和葡萄乾的烤火雞、鮭魚凍、芝麻菜杏仁青醬義大利螺旋麵、提拉米蘇和巴西咖啡。美味是最基本的要求，讓人不至於生病：如果說在艱困環境中能夠活下來是一種奢侈，也多虧有此奢侈才能讓你活下來。貝特說自己之所以選擇這個工作，其實是因為他是個老饕。他太太特蕾莎・魯斯特是生物學家兼主廚，還寫了一本談飲食之美的書，也跟我們確認貝特是真的貪嘴。我們住在這裡，大概每天三千五百卡洛里就夠了，其實我們已經覺得自己變得比之前圓潤，仍然努力達成這個目標。不久前我學會了鮪魚醬牛肉片這道菜，可以吃冷的，熱量很高。貝雅則學會了牛奶雞塊，備料包括一杯麵粉，因此這道菜有蛋白質、脂肪及碳水化合物。另外還需要一片鼠尾草、芹菜末，以及少許鹽。

鹽的季節。漂浮的汽車。

這是鹽的季節，但是跟烹飪無關。我們所有人都忙著解凍，除了撒鹽，別無他法。我們彷彿冬季的鹽漬鯷魚，家門口有雪鞋遺留的白色粉末，學院石階上新的白色殘痕壓過之前留下來的礦物結晶，車子裡到處都是混合了鹽巴和泥濘的灰色鞋印。擋風玻璃正中央的雪刷在結塊的冰霜中清出一道壕溝，形成一道黑白分明的美麗彩虹。

二月十四日。榛果咖啡香搭配剛出爐的餅乾，在艾特納鎮的雜貨店裡感受到的溫暖令人開心。店外停了幾輛車，車上沒人，但是都沒熄火，這麼做其實是違法的。老闆跟我說昨晚下了兩指高的雪。這點我很清楚，因為今天早晨貝雅和女兒本應該搭第一班公車去四英里外的黎巴嫩鎮，之後轉去機場。我們五點就起床了，出門時才發現車庫前方積雪。鏟雪工人道瓊斯前一天晚上帶著女朋友來，那畫面看起來十分浪漫，夜色漆黑，坐在貨卡裡的他們兩個一邊清除白雪，一邊不知道聊些什麼，從保溫壺倒出一杯杯熱氣騰騰的咖啡，佛蒙特州鄉村歌曲是背景音樂。道瓊斯告訴我可以安心睡覺，結果睡醒之後我在天色未明的車庫前面鏟雪，同時暗中禱告我們那輛混合動力車沿途能扮演好掃雪車的角色。可想而知，車子一開出來就卡住了。我們有特製的雪鏟可以清掃車道，鏟子很大，有弧度，要抓住寬幅握把整個人靠上去後往前推，操作起來非常吃力，而且不時會失敗。貝雅坐在駕駛座上，我套上冰爪，然後我也不知道怎麼回事居然成功把車推到下坡處，車子瞬間發動，我只得追著車子跑。積雪真的很高，輪子一動就跟衝浪一樣，車子破浪前進，往兩側激起一波波白色浪花。之後車子再度卡住，就在車道盡頭，我只好跟兩個女兒一起推車，讓它越過高低差爬上柏油路面。

市政府的掃雪車一次只能清理一條車道，所以只有一半道路可以通車，訣竅是除非萬不得已絕不能讓路給對向來車，不知道為什麼道路縮減的時候對向來車享有特權。遇到十字路口不能減速，要搶在對向來車之前通過，否則就會卡在雪堆裡。偶爾會遇到大面積的高積雪，別無選擇只能硬碰硬，衝破雪堆繼續前進，任憑飛雪把擋風玻璃全都遮住。因為看不見道路邊緣，你老是覺得遲早會把車開進溝裡。總之要記得一件事：只要車子保持前進，就越有可能持續前進。**絕對不能停下來**。

總而言之，我把她們母女三人送上公車後回家，道瓊斯沒有出現，我猜大概他們兩個還在四處打情罵俏。一大清早的，什麼感覺都很遲鈍。可以做什麼呢？我在路邊等了一會兒，決定倒車去鎮上雜貨店喝杯熱巧克力。要把車開上車道是不可能的事，今晚我還是把車停在路口，徒步走上去吧。兩天後，又下了幾場雪，我再度試著把車開回家，他們跟我說有一種類似「攻城槌」的技巧，你反覆開車努力在上坡車道上跑，車輪會壓平一定面積的雪，然後你倒回車道入口，再連續嘗試兩、三次，最後就會莫名其妙成功。

車窗也有積雪問題。有人以為只要把車窗搖下來，雪就會被清乾淨，跟下雨的時候一樣。問題是組織嚴謹的積雪會形成像雪花石膏那樣薄薄一層硬殼，抵死不退。

兩幕劇《喋喋不休》。六號狗。

比我們裝備齊全許多的人通常會有電動鏟雪車，和輪椅有點像，雪會從一根大管子噴出來。噴去哪裡？難免讓人擔憂之後會不會引發鄰居間的鏟雪戰爭，就像蘇斯博士《黃油大作戰》故事裡的助克和優克：晚上我把我家院子裡的雪鏟到你家院子裡，白天你又把你家院子的雪鏟到我家院子裡。其實不然，這裡所有人都會互相幫忙，因為你別無選擇。為了能夠按照寫好的美國劇本演出，家裡一定要有某種電動設備，視季節而定。冬天是家用鏟雪車，夏天則是除草機。兩種電動設備輪流嗡嗡作響，越接近城市，嗡嗡聲越是不絕於耳。

或許是無邊無際的冰天雪地讓人變得比較友善，住在紐約州水牛城的一個朋友是這麼告訴我的。水牛城（並沒有水牛，Buffalo 字源是法文 Beau Fleuve，意思是美麗河流）位於遼闊的伊利湖東岸，湖泊面積等於亞得里亞海的五分之一，所以氣候較為溫和，不過冬季依然寒冷，而且會受大湖效應影響：冷空氣在湖面上跑了數百英里，吸收充足水氣後先形成雲，遇到陸地後便開始降雪，而且是近乎雪崩那樣從天而降，可以持續好幾天。這時候大家會呼朋喚友，採購囤貨時會順帶幫其他人買東西，儘量避免宅在家裡，體驗一下都會的待客之道。

我如果是作曲家，會很樂意寫一齣音樂劇，名為《喋喋不休》，帶一點十八世紀義大利歌劇作曲家奇馬羅薩（Domenico Cimarosa）的風格。穿著皮草大衣的貴婦走在縣城路上，中產階級把自己打扮成保鑣模樣，用連珠炮台詞和焦慮口吻對政府、稅制、移民、鄰居、下雪、特別是隨地便溺的狗狗提出種種討伐和質疑。第二幕演到一半時出現一群快樂的鏟雪人，他們是鐘點工人，借用《西城故事》模式來段大合唱，讓大家驚豔。合唱曲的主題是：捲起你的袖子，清掃自家門前雪，好讓大家可以安心走在紅磚道上。背景是冬天，有教化意義、**百分之百合乎標準模式**的冬天。

閣樓玻璃窗上的冰結晶顯然經歷了一番演化，現在看到的不再是植物世界，而是詳實描繪而成的地圖。那一座座島嶼，那些參差不齊的海岸線，東一個西一個湖泊，同樣參差不齊的湖畔曲線。偶爾會冒出一座橋梁，筆直果斷，很清楚自己要往哪裡去。原來不同季節各有其獨特的裝飾風格。

小黑是短毛狗。我們把牠從狗園帶回家的時候，他們說牠是米格魯和指標犬的混種。小黑姿態優雅，引人注目，所有人看到牠第一眼就喜歡，喜歡狗的路人總愛對牠評頭論足，有人說牠是巴西㹴犬，也有人說牠是英法小維內裏犬。結果牠好像是出身高貴的瑞士獵犬，而且血統純正。總而言之，牠的毛很短，所以真的很怕冷。而且小黑堅決抗拒水，不管新罕布夏州是什麼季節，牠都不肯靠近水。幫牠洗澡得追著跑，幫牠吹毛同樣得追著牠跑，而且得用鑰匙把門鎖起來（不然牠會用嘴巴咬

那一座座島嶼，那些參差不齊的海岸線，
東一個西一個湖泊，
同樣參差不齊的湖畔曲線。

住門把自己開門）。如果讓牠溼答答的跑出去，幾分鐘內牠就會變成一種西西里果凍蛋糕，外面裹著華麗裝飾，裡面是冷凍奶油。我們幫小黑買了一件白色的刺繡羊毛背心，上頭有一個洞，讓貼身綁著的牽狗繩可以從那裡穿出來。為保險起見，我們還給牠買了一件車棉的羽絨衣，跟我們這棟房子的屋頂一樣是天藍色的。領子上有一頂小帽子，很接近帽兜。唯一露出來的只有牠穿了鞋子的腳，以及耳朵跟鼻子。

傍晚從天鵝絨岩準備回家的時候，小黑體內的賽犬模式開啟，牠決定要延長散步行程。或許因為太冷，也或許是牠餓了，牠對進食補充卡洛里的追求從未懈怠，時時刻刻，有時候挺丟臉的。我讓小黑自己走，牠討厭新雪，不會走錯路，一定會沿著山徑走。沒想到這次牠不理會我的呼喚，我看著牠的足印，走的方向是對的，但是從牠的步伐間距來看，應該是在撒腿狂奔。我都快走到鎮上了依然沒看到小黑，牠在學院操場上跑了滿長一段路，照理說這裡沒有遮蔽物，我應該可以看見牠才對。難道牠已經跑到汽車那裡等我？為了謹慎起見，我敲了加油站小舖的門，果然小黑待在暖烘烘的室內，任憑兩位太太伸手撫摸牠。加油站老闆對我點頭示意，有一名警察坐在辦公室裡，手上端著一杯咖啡。**警察？來找我的？**小黑大概比我早到十

分鐘，意思是在這十分鐘內發生了下列這些事：

狗來到停車場；

兩位面帶微笑的太太看到了狗；

狗也對她們示好；

狗被帶入室內；

加油站老闆叫來了警察；

瓊斯員警開車出發；

瓊斯員警抵達加油站；

而且瓊斯員警還有時間脫下厚重外套，坐下來品嘗咖啡。我知道漢諾瓦鎮很小，我知道警察人手不虞匱乏，而且最好的是，之前提到過，他們沒有太多事可做。所以如果不是我多心的話，他是不是對我的事有點太過積極了？當然我不會輕易對開始向我問話的警察透露一絲我的想法。一看就知道我不是本地人，而且我沒有隨身攜帶證件，無論是我的或小黑的證件都沒有，而那兩位太太則一看就是本地人，而且證件齊全。於是問題來了，該不會是我想要偷她們的狗吧？小黑不肯合作，每次我一靠近牠，牠就發出莫名嗚咽聲，還跑去找那兩個壞人討摸摸，說不定她們答應給牠比我們家的炸肉餅更好吃的東西。被逼到絕境的我突然被狗主人守護神眷顧，我故意沉默片刻，然後微笑指著小黑的脖子：您看牠的狗牌，牠是六號狗。那是格拉夫頓縣發放的錫製狗牌，每一年都要重新註冊，幸運的是我們是在一月二日去縣政府登記的，算是拔得頭籌，所以小黑的編號很前面，〇〇六，很有小狗情報員的架式。由於漢諾瓦鎮註冊在案的家庭寵物大約有一千隻左右，六號說明了我們何止是模範市民，簡直是超級無敵模範市民。唯有積極才能戰勝積極。瓊斯員警對我親切微笑，開始低頭寫報告，總之我的名字在漢諾瓦警察局資料庫裡留下了紀錄。那兩位太太請我喝了一杯熱巧克力。只要結局是好的，那麼一切都是好的。

Coffee
MAPS

無所不在的雪堆。與星星夜遊。

被鏟走的雪總得有個去處，凡是設有停車場的機構都為此憂心不已，或許應該說所有機構都憂心不已。需要一個緩衝空間，或儲備空間。Coop 超市停車場周邊沒有緩衝空間，從十一月中就開始把雪堆推到阿帕拉契山徑入口處的路邊堆放，從路的底端開始，剛開始只是一座小山，後來變成了一條巨龍，如果繼續下雪，就不知道還能把積雪送去哪裡。

特蕾莎和貝特告訴我們，在路邊停車時不但不能鎖門，還不能拔鑰匙。因為在某些情況下，掃雪車駕駛很可能需要移車。我雖然覺得自己已經開始融入當地生活模式，卻依然沒辦法毫無顧慮地這麼做。是拉丁民族傳統習性使然？明知道值班的掃雪車不知名駕駛有可能移動你的車，還能不拔鑰匙的人舉手。顯然在信任他人和看不到盡頭的寒冬給人帶來的無形壓力之間還是可以找到一個平衡點。負責掃雪的工作人員並不想用雪把你的車埋起來，等你回頭開車的時候不會看到一團雪堆。

在下雪的夜晚開車，車燈會照亮上千朵雪花朝我們飛來、直撲擋風玻璃到最後一刻才轉向的壯觀景象，那感覺宛如在電影《星際大戰》裡的星海中飛翔。會不會道路早已不存在，星海才是唯一真實呢？

下雪天，停課天。要等到學期末，也就是六月的時候，才開始補課。只是最近這段時間停課實在太過頻繁，不過學校得承受雙重壓力，壓力既來自焦慮的父母，也來自引發焦慮的媒體：**末日寒冬周末侵襲新英格蘭**。氣象預報中心信誓旦旦。

修剪林木。屋頂雪崩。

為保險起見，我沒有出門，而是隔著書房那扇大玻璃窗觀賞所謂末日暴風雪。我很放鬆，伸長了腿架在書桌上。比爾跟我說他砍掉了好幾棵樹，但是我完全看不出來跟之前有何不同。玻璃窗內的畫面有一種很隱諱的音樂感，近乎寂靜無聲，僅有筆記型電腦散熱風扇低吟運轉。從我的視線看出去，樹根位置高高低低，樹幹彷彿五線譜上音符的符桿，從左到右的地勢變化形成了樂譜上的一個下行音階。從方格窗櫺望出去，雪花拍打著長青的針葉樹，每一格都是不同插曲，也是不同主題。隨著時間過去，這個世界變成了白色小金字塔之國，金字塔隨後因為風加上重力慢慢彎曲變形，再漸漸被樹根處長出的一個個白色圓錐體吞噬淹沒。

小黑看中一塊很不錯的地磚，躺在我腳邊。屋頂積雪突然滑落，聽到聲響的牠汪汪吠叫嚇了我一跳。我放小黑出門冷靜冷靜，牠埋首雪堆中挖出一條又一條地道，彷彿巨型鼴鼠，然後重新出現，感覺像在游泳。為了給牠獎勵，我走出去餵牠吃了一片貓咪造型的餅乾。

積雪從屋頂慢慢往下滑，皺巴巴地捲成一團，彷彿一床厚毯子從傾斜的平台墜落地面。重力跟冰雪對抗的結果是造型始終如一的雕塑，是一條下垂的舌頭，也像是衝浪的浪花。誰會獲勝？積雪滑落的速度或許會放慢，但不會停止，重力總是最後贏家。我看著積雪順著屋頂天窗往下滑行，再過一會兒玻璃就會被全部遮蔽，不留一點天光。該不該處理？反正積雪早晚會移位，我學會了無須庸人自擾。明日的新雪會帶走今日的積雪，新的變化會趕走舊的變化，我發現我被寒冬改造，開始用縮時攝影的方式思考：唯有長達數個星期或數個月的慢速連續鏡頭才讓我瞬息萬變的思緒有了意義。為了「自救」，我拍攝持續變形但未曾滑落的屋頂積雪，從波浪狀變成螺旋狀，千變萬化，就是不肯好好待在屋頂上。但是得留意突如其來的加速度。屋頂上有宛如阿爾卑斯山冰河般的大面積積雪搖搖欲墜，我保持一定的距離，試著用一支長竿搗碎它。這種日常奮鬥多少有點效果。只不過冰雪讓我家跟我之間的關係疏離，待在裡面的我不再覺得它是避難所，而是一座牢籠。

與沙灘無異的雪波浪。阿爾卑斯演算法。

凜冬已至。沒人願意坐進早晨冷冰冰的汽車裡。我把車停在離家頗遠的地方，我發動引擎，問題來了：混合動力車是高科技產物，有怠速熄火裝置，所以只要腳一離開油門，引擎就停止運轉，車內暖氣跟著罷工。但是我也不想待在冷颼颼的車裡讓引擎保持運轉，便組裝了一個小裝置，在駕駛座位下方塞了一塊木板，再在儀表板那裡牢牢地固定了一個寶特瓶，正好讓木板卡住油門。唯有低科技才能戰勝高科技，至少此時此刻是如此。

即便是大白天，我們也照樣拉下車棉窗簾，低矮的光線從車縫間隙透過來，彷彿一根根銀針，能穿透暖爐上鍋子裡蒸騰的水蒸氣。風吹不止，而且風勢越來越強，暴風雪將至！暴風雪很像我在阿拉伯沙漠見過的沙塵暴，一眨眼功夫道路就蒙上一層沙，形成一個個小小漣漪，再自動匯集壯大成沙丘，隨後一片蜿蜒沙漠盤據柏油道路，必須持續清掃。那裡有掃沙車，這裡有掃雪車。暴風雪和沙塵暴皆有一個雖不起眼、但十分重要的大智慧，我在愛德華．賀斯（Edward Huth）的《尋路的失落藝術》（*The Lost Art of Finding Our Way*）一書中看到，說無論是沙丘或雪堆，不分大或小，究其實都是波浪，而且永遠**跟風向呈直角**。因此漣漪是大有用處的指引，只要懂得觀看，便能找到路徑，就如同在田野間直接畫了一個笛卡兒座標系[7]。風雪中的能見度縮減到眼前數公尺，無法以遠山或星星作為導航目標，所以得提前作準備，試著以波紋主要方向為準鎖定某個角度，再小心翼翼緊盯不放便是。沙漠中的游牧民族是如此，美洲原住民因紐特人是如此，東岸的印地安人在海中或湖中划獨木舟遇到大霧時也是如此。不管是雪浪、海浪或沙浪，都可以用相同的幾何學概念去看待波浪與風的關係。

辨識道路或重返道路沒有什麼訣竅，唯一有用的定位方針是「冗餘」。要善用直覺，但不可仰仗直覺，留下痕跡，尋找指引，學習技能，製造工具，詢問他人建議。在不可控惡劣環境下的生存機率多寡端賴你是否能夠巧妙彙整多種策略，而其中每一種策略亦都是多種策略的結果。對於想要聆聽大自然教誨的人而言，如同上了一堂課。然而在我們這個凡事操之過急的文化裡，「冗餘」是很少受到讚揚的偉

7編註：十七世紀法國哲學家、數學家。笛卡兒座標系稱為直角座標系，即平面垂直相交的兩條線分別稱為x軸和y軸，為了表示平面上點的位置，這個點就用（x,y）來表示。此座標系雖不是笛卡兒所發明，但笛卡兒當時導入新的幾何學概念，平面幾何的問題都可以代換成（x,y）的計算。

大生物動力，優化精簡和不拖泥帶水被封為新的圭臬，這自然是受到經濟導向的影響，甚至更加劇了我們與自然之間的隔閡。其實冗餘是生活常態，眼睛有兩個，肺葉有兩片，腦半球也有兩個。目測物與物之間距離的方式有十五種，包括眼球聚合、調節和透視；手指頭有五根，但四根或許便已足夠。有些東西隨時可能壞，宜備有替換零件，宜好好使用鍛鍊，零件宜堅固有彈性，最好是極為堅固且極為有彈性。然而現在社會對此摒棄不顧，整個體制都在追逐未經完整驗證的簡化工程理想，努力刪減成本，砍到見骨，甚至可見骨髓，在材料上省錢，而且毫不隱瞞在未來還打算縮減人事成本。

新罕布夏州的地形複雜，轉眼就迷路。我發現有一位研究員羅伯特．柯斯特建立了一個野外搜索救援行動的數據資料庫，名為「國際緊急搜索與救援資料庫」（International Search and Rescue Incident Database）。奇怪的是在他之前沒有人想到要做這件事。救援的成本和風險皆高，有登山客在森林裡迷路意味著救難人員會有數小時，甚至長達數天的時間身處在惡劣環境中，而且所有人都得冒著生命危險。以前只能依賴救援指揮官的直覺，或專業救援人士的經驗和付出。今天則可以用科學方法定向，出發救援前可以先查詢國際緊急搜索與救援資料庫，有上千個案例可供參考，從中得出一個統計概率及類型行為模式，以決定應該採取怎樣的救援策略，因為這個資料庫不僅可以讓我們清楚知道登山客為何迷路，同時也可以知道他們是怎麼迷路的。

舉例來說，如果迷路的是小孩或失智老人，在走失地點附近找到人的機會比成年人或獵人迷路高出許多。小紅帽跟老奶奶毫無目的遊走，不管看到什麼都會分心，她們持續走回原路，原地打轉而不自知，甚至不知道自己已經迷路。獵人和成人則覺得自己可以掌握全局，會主動出擊，看到任何指引都會加以詮釋或超譯，他們有強烈直覺，甚或被直覺左右，但是直覺往往可以騙人。如果確定迷路的是獵人，搜尋範圍便立刻得擴大一倍，而救難人員的人數則得增至四倍。

我想我應該是介於小孩和獵人之間的那個範疇。我空有攀登阿爾卑斯山十多年累積的實務知識卻派不上用場，所謂知識，其實可以精簡如下：阿爾卑斯山「演算法」非常簡單，六句話足矣。你迷路了嗎？

邁開步伐。

往下坡走。

遇到溪流。

順著溪流走。

抵達小鎮。

結束。

自然有很多時候下坡路難行，順著溪流也難行，但總會有解決之道，但是能解決的是在阿爾卑斯山中的定位問題，因為當地環境自會釋出善意。所以阿爾卑斯山「演算法」無法異地而用，僅能在當地發揮效用。如果把上面那套口訣拿來新罕布夏州套用，結果很可能是：

邁開步伐。

往下坡走。

遇到溪流。

順著溪流走。

掉進池塘裡。

哎呀老天爺！

如果你不想讓自己命喪於此，魂斷池塘邊，應該返回原路，向上爬，往另一邊走，或許不急著立刻往下山。這裡有太多湖泊，池塘更多，一個接著一個。必須學會辨識方向，認識地形，看懂地圖，多備幾顆導航系統的電池，而且在出發前檢查蓄電情況，簡而言之，必須要有「冗餘」，如我之前所說，於此重申一遍，冗餘，冗餘。

避雷針之狗。死神是結冰河面上的一個雪人。

為了避免迷路，特蕾莎和她的朋友蘇珊在自家人煙罕至的廣袤土地上，煞有其事地在積雪高度以上的枝椏綁了彩帶，當作私家小徑的指引。貝雅和特蕾莎正是走在其中一條小徑上的時候看到了一頭小鹿的骨骸，特蕾莎比較有經驗，說那是被郊狼撕咬的，雖然他們在不遠處為我拍下了熊在樹幹上磨爪留下的痕跡。我們討論過萬一小黑遇到飢腸轆轆的野獸怎麼辦，該拉緊牽狗繩，還是該放牠自行逃跑？牠不能算是英雄，跟自己的野生表親肉搏時能不能死裡逃生尚不可知，但是讓我們有了逃命的機會。我們在情感上左右搖擺，小黑很可能是餌，所以帶牠出門散步很危險，但是牠也可能是避雷針，所以帶著牠在身邊反而安全？

有人走到結冰的明克溪中央，在那裡堆了一個奇形怪狀的雪人。明克溪是康乃狄克河的支流死水，寬度跟翡冷翠的阿諾河差不多。我看著那個雪人心中很不安，該不會是死亡陷阱吧？看得出來，那個人是穿滑雪板過去堆雪人的，才不會弄破河

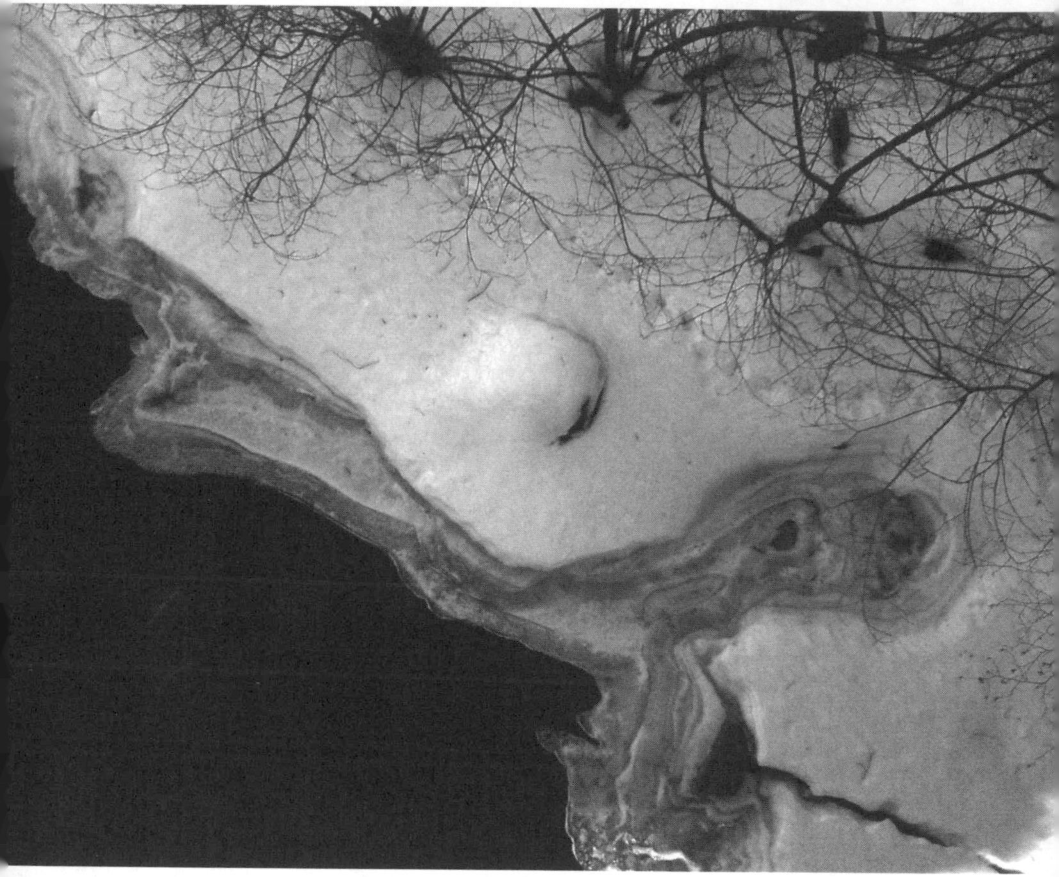

面的冰，說不定可以吸引貪玩的小孩過去，冬天時節各種殘忍事件時有耳聞，單調乏味日子中的每一個小意外都可以寫成一部恐怖小說。**來啊，小朋友，你沒看到我鼻子上那根胡蘿蔔是歪的嗎**？我現在的個人焦慮在於小黑執意要去嗅聞雪人，走到結冰的河面上，萬一冰破了我得去救我的狗，問題是怎麼救？我得摒住呼吸在河面上滑行十來公尺，我辦得到嗎？我會這麼做嗎？我會為小黑這麼做嗎？

關於巍然不動的遼闊冰河，我本來還有很多話要說，但我發現有幾處開始有溶解跡象（不過我知道還會再次結凍），在河水表面幾處或許溫度略高的地方形成了偌大的綠色水坑，跟希臘小島周圍深海一樣美。結凍，解凍，再結凍。這個冬天還很長。

第三個實驗：一萬一千公頃林地可以幹什麼。鐵絲網上場。

我這個人算得上生性節儉，我知道這會限制我的想像力。尋找新靈感最好的方法莫過於從內心深處無視於經濟和物質匱乏，假裝自己富可敵國，要先有大手筆才能有大境界。我要是中樂透，獎金不是三百萬，而是三億的話，我會拿來做什麼？其實如果有人代替你豪擲千金，你只要在旁邊看他怎麼做，會更好。聽說矽谷某位巨頭（現在還有人用這個詞嗎？）在第一次網際網路泡沫化事件（dot-com，時間過去已久，都快記不清是怎麼回事了）發生前賣掉他白手起家的產業，在新英格蘭地區某處買下一萬一千公頃林地，蓋了一間聖所，建立智能林，可永續砍伐和植樹。直到這裡為止故事很美，也很有建設性，接下來要加入愛情元素，所以我們還可以繼續看下去。這位巨頭的夫人突然發現自己對越野滑雪有高度興趣，於是他為妻子在林中可媲美風景明信片的一個湖泊周遭整理出如詩如畫的滑雪道，由一群人數不算太多的員工悉心打理照料，他們一律身穿作工精緻但十分低調的制服，制服沿用騎兵隊軍服的褐色，袖子上還繡有臂章。滑雪道旁每隔一段距離設有一間暖房，那是一種小型簡易避難所，可供滑雪者稍作休息，暖房以木頭搭建，樹脂玻璃為窗，四壁蕭然，但是很舒適。神奇的是小屋內的瓦斯爐從未熄滅，那是一種復古的日式爐台，可以燒開水沖泡即溶巧克力。大紙盒裡裝著一百袋即溶巧克力，永遠是滿的。

讓我感到十分意外的是（可見我的想像力多麼貧乏），入內休息不用付費，喝巧克力也免費，全由網際網路泡沫先生買單。他甚至提供滑雪板，擺在架上任人使用，只需在結束滑雪時放回原處。這裡還有鞋子供人替換，都擺在一個軍用金屬箱裡。可惜我穿的號碼沒有成對的鞋子，一隻紅條紋，一隻白條紋，聊勝於無。唯一令人憂心的是，要想維持這個運作模式，必須避免外人大舉入侵。所以基本上沒有人知道這個天堂，這一點也讓我感到意外。知道這裡的人無不守口如瓶，我們的好朋友特蕾莎也是再三耳提面命之後才告訴我們。她先隱諱地檢驗過我們的名聲和可信度，之後又拜託我們不得對外洩露此事，所以我的描述很籠統，你們就算刑求我，我也不會說明地點（在新英格蘭地區某處）。如果希望有一天我帶你們去，必須同

意用布條矇住眼睛，把手機交給我保管才行。據說網際網路泡沫先生很愛開玩笑，喜歡隱瞞身分騎著一輛電動雪橇在這裡亂逛，更喜歡隱瞞身分跟訪客閒聊，他說不定會穿上制服偽裝成自己的員工（所以我很可能不只一次跟他聊過天），動手做一些不重要的維修工作，誰知道呢。這個地方真的很棒，很完美，難以形容，安靜，陽光普照，很冷，很優雅。這個滑雪道故事簡直可以寫入教科書，在活力蓬勃的處女地裡一切井井有條。有一次我在周間過去，只有我一個人，我，一個人。一望無際的滑雪站完全為我所獨有，雪道整理車駛過之後第一個留下痕跡的人是我，夜色來臨前留下最後一道痕跡的人也是我。另外有一次我遇到了幾個身手比我好許多的越野滑雪手，看得出來他們來這裡滑雪很長一段時間，他們對我露出心照不宣的微笑，頗為得意。在網路上找不到這個地方半張照片，也沒有人在任何一個論壇上說過隻字片語。我們是真的守口如瓶。

我之前說到富可敵國。然而這是參與社會的正確方式嗎？我對網際網路泡沫先生心懷感激，他的無私之舉令人敬佩，身為忠貞不二的實用主義者，我自然不會提出這類原則性問題：像他這樣衝動行事比較好，還是用數公里長的鐵絲網把私人土

地圍起來比較好。畢竟不讓這個美好故事外傳的默契，我也有份。

關於鐵絲網這件事，特蕾莎跟我們說，是紐約客先開始的。有一群退休的守財奴對安全問題分外執著，搬離城市移居鄉間後這份憂心並未改變，說不定他們搬到新英格蘭區的原因就是為了能擁有一片用鐵絲網圍起來的土地。早年，天下太平時期，所有屋主都有一小方屬於自己的土地，雖然沒有白紙黑字，但是大家都清楚樹林中何處為地界，就算偶爾有人越界也無妨，反正沒有損失，對嗎？正好大家可以打個招呼，握個手。但是現在卻處處可見黃色警告標誌：

請勿越界

釘在光禿禿的樹幹上，是擋路的前哨衛兵，雖然時間久了它自會掩沒在枝椏間。

網際網路巨頭慷慨解囊固然打破了圍籬這個有礙觀瞻的魔咒，但所體現的模式仍然不如歐洲處理文化資產、過路權和交界道路的傳統做法。為什麼會這樣？生活在古老歐洲大陸上的我們數百年來比鄰而居，讓我們有了穿過私人土地的道路或私人土地邊界道路的使用權，而且從來沒有人想要剝奪此一權利。可是來到美國之後，卻醉心於徵收印地安人從未占為己有的廣袤土地，這些外來殖民者四處埋設界標，劃定地界，彼此未做任何協商，保留穿越私人土地、跨越地界的可能性。我們這位大手筆巨頭先生隨時可以改變主意喊停，便再也沒有人有權踏入他的樹林。阿帕拉契山徑也是如此，主管機關國家公園管理處不得不買下山徑沿線兩側向外延伸三十公尺內的土地。

還有，不要對有錢人享有的權力存有太多幻想：屬於大家的法律其實是讓特定人士得以擺出高雅姿態的基本條件。這位網際網路泡沫先生之所以願意開放他的土地給大家使用，是因為當地有一條特殊法令，經過他私人土地的人若有任何損傷，他無須負責，風險和危險都要你自己擔。這條法律大幅度降低了訴訟機率。美國是一個以訟棍聞名的國家，要說他們好辯都算是太過委婉。我可以想像那些在網際網路泡沫先生的滑雪道上扭到腳還不能申訴的小老百姓有多沮喪。

雪和汽車。夠認真就能記得所見景色。小黑差點上了斷頭台。

總不能每天都去越野滑雪。朵格米爾路環狀線有十餘公里，可以騎自行車轉一圈。我秋天的時候騎過幾趟，現在只要道路積雪清空，柏油路面沒有結冰，我還是會興致勃勃地去冒險。騎自行車難免會遇到許多上下坡，比開車遇到的多出許多。汽車有動力，還有慣性，下坡結束後緊接著上坡並不費力。騎自行車下坡的時候可以在風中馳騁，但是上坡騎到三分之一就得重新加速，必須蹬踏板，費力向前才不會倒退嚕，還要盯著山頭看。山頭是指望，也是慰藉。自行車是認識鄉間的好工具，憑藉的不是視覺，而是肌肉張力和喘息頻率。

路上有雪的時候，汽車也得順應環境，改變扭力的操作方式。這裡指的自然是輔助扭力，但我們覺得那個扭力彷彿原本就屬於我們。我們的車跟所有北美的汽車一樣，都是自動排檔，但也可以降檔減速，我確定小時候聽我父親說過這個名詞，

得意洋洋的他當時開著一輛無尾小轎車。路上有雪加上降檔減速，你才知道哪裡是**真正的**上坡和**真正的**下坡，這個時候最好減速，否則很容易開進溝裡。

車上最無憂無慮的是小黑，牠探頭到車窗外，像漫畫書那樣，也不管室外氣溫幾度。結果有一次牠差點掉了腦袋，因為消防車鳴笛嚇了牠一大跳，試圖跳出車外，結果卡在沒有全開的車窗上。我得在小黑被勒死前解救牠，問題是車窗控制鈕要**往前按還是往後按**才對？遇到這種生死交關的時候，你們有辦法做決定嗎？

加羅林群島原住民嚮導的觀星術和冬日天空。第四個實驗：福樓拜替代方案。

我們屋頂上有天窗，一個在車庫上方朝北的房間，一個在我們朝南的主臥房。

一月某個漫長的夜裡，我醒來之後盯著天空看，極冷，有星光閃爍。是什麼星星呢？我下樓去拿貝雅的手提電腦，連上一個虛擬星雲圖。是五帝座一。另外那個是天秤座。還有大角星。我靜悄悄地在家裡穿梭，從一扇窗戶走到另一扇窗戶，沒意識到天色已亮，整個人冷得簌簌發抖。

於是我改變作息，看到獵戶座（我都反著看，把參宿四當成腳，而非肩膀）出現就上床，再早早起床。我開始寫觀星日記，計畫向西太平洋島國密克羅尼西亞的討海人看齊，學會觀天，在多年研究精進之後能隨口說出任何一顆行星的名字，即便閉著眼睛也沒問題。我希望自己至少能夠辨識托勒密天文學的五十星座[8]，並說出其名。行星之間大不同，紅色歸紅色，藍色歸藍色，要想認出天狼星，得先知道它在一年之中哪天晚上幾點鐘會出現在什麼地方。我想要閉著眼睛就能說出某顆行星此時此刻位於哪裡，即便是白晝也不例外。（訣竅在於記住六個月前的天文，指向相反方向就對了。說起來簡單。）獵戶座主宰了一月的天空，耀眼絕美。堪稱最美星座的獵戶座會慢慢向西方移動，把位置讓給令人心生忐忑的闇黑，只有少數幾顆星星留守，例如參宿一和參宿六，這幾顆星也因此顯得更為醒目。我踩在大幅降

8編註：西元二世紀，托勒密基於前人的基礎，在《天文學大成》裡載有四十八個星座，稱為托勒密星座，十八世紀被分為五十個星座。是現代星座演化的基礎。

不怎麼密封的閣樓
玻璃窗上冰晶
如今畫的是栩栩如生的樹林

低腳步聲的厚重粉紅地毯上，從朝北那扇窗看出去，看見天龍座的眼睛，天棓三和天棓四，虎視眈眈盯著織女星。站著不動引頸眺望其實很冷，不怎麼密封的閣樓玻璃窗上冰晶如今畫的是栩栩如生的樹林，有樹幹，有高聳枝椏，還有密密麻麻的針葉，有毬果，還有碩大的花椰菜剖面圖，蕨類季節儼然已經結束，另一個植物世界登場。

後來不管我是否觀看天象，都習慣早起，只要快速瞄一眼就能找到眼熟的星星。我四點起床工作，七點全家共進早餐，八點繼續工作到下午一點，勞動時數已達八小時，對得起自己的良心，工作日就算結束。接下來還有二至三小時的天光，我可以安心出門，跟貝雅和小黑一起散步，再去學校接女兒下課，或是裹得嚴嚴實實待在陽台上，就著日光看小說或漫畫。

為什麼之前沒想到？為什麼要把最好的時光奉獻給工作？我可以把一天時間分成兩個部分，一部分給工作，一部分留給自己，也就是留給家人。我眼前有一張百年前的海報，三名女子帶頭走在一群遊行勞工前面，她們三個代表一日三大部分：

八小時勞動，八小時休閒，八小時睡眠。

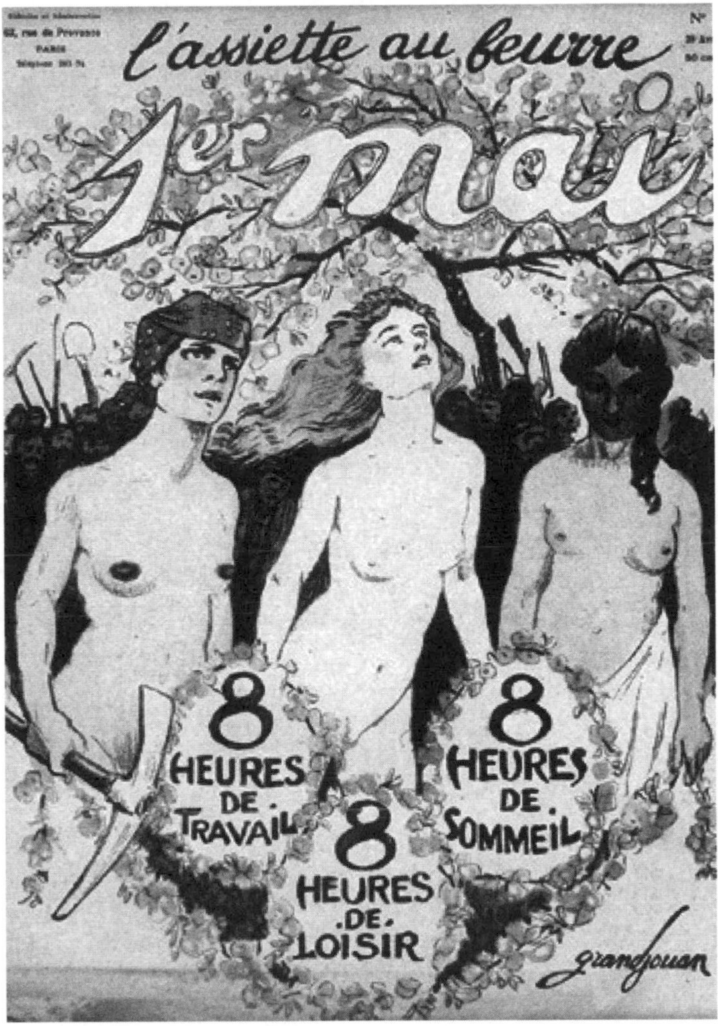
l'assiette au beurre
1er mai
8 HEURES DE TRAVAIL
8 HEURES DE SOMMEIL
8 HEURES DE LOISIR
grandjouan

誰規定八小時勞動必須分成上午和下午各半？法國作家福樓拜說人分兩種，一種是九點上床五點起床（主動積極），一種是四點上床八點起床（散漫懶惰，雖然比前者少睡了四個鐘頭）。不過我兩者都不是。關於工作時間和休閒時間有許多奇怪的邏輯：生產力低下的男男女女總愛吹噓自己每天都要加班到晚飯後，卻不知道他們到底做了什麼。如果你天濛濛亮開始工作，中午時分結束，就會被人鄙視：**呵，原來你是做兼職？**北歐人聽到「午休」一詞會忍不住偷笑。不知道梭羅怎麼看這件事？

我如果辦得到，會持續這個新的生活節奏，因為我發現這樣的作息讓我精神煥發。一個原因是你不會錯過白晝任何事情，畢竟冬日白晝分外珍貴。另一個原因是你生活的世界不再那麼擁擠。或許活得不合時令沒什麼不好，繞過其他人的生命標竿也沒什麼不好。梭羅說要勇於體驗，提醒我們不要在沒有嘗試其他可能之前就接受某種生活風格。

一天中午進門後，發現家裡有幾名接下轉包工程的小工（他們來做什麼？又是硬塞進來、無法拒絕的居家美化工程），他們沒在工作，穿著厚重衣服坐在台階上，手裡捧著從我們書房裡拿的書看得入迷。侵占？挪用？我能開口喝斥他們嗎？付錢請他們來工作的不是我，書也不是我的。達特茅斯學院裡大師何塞・克萊門特・奧羅斯科的壁畫作品裡有完全一樣的場景，一個穿著勞工吊帶褲的男人利用午休時間看書。閱讀使人解放，勞工一肩挑起的工地和城市可以暫時被擱在一旁，當一個人沉浸在書的世界裡，在他因此得以走向遠方，走向更美好社會的這個寶貴時刻，或許美國夢也值得重新評估與檢視。和平時刻，暴風雨中的島嶼，另類出口。小黑跑去討摸摸，讓這一幕更美好，更完整，且帶著恰恰好的餘韻和靦腆。

第五個實驗：一年不看即時新聞。雪屋：深雪下的寂靜和因紐特人的童年創意。

住在林中，能時刻體會季節變換。住在城市裡的人對季節至多勉強有所察覺，才見到幾株樹開了花，沒過多久就發現已進入盛夏而不明所以。驟變的氣候被用來劃分郊區、副都心和城市邊緣地區的城牆吸收後化為無形，這些水泥牆形成的人造峽谷讓風向改道。我反而把這些高牆視為保護我不受都會生活節奏影響的屏障，從新聞開始。我啟動了人生中另一個實驗：一年不看頭條新聞。當然無法完全不接觸，畢竟沒有人能夠跟外界隔離，沒有人是一座孤島，但是至少能避免無時無刻侵擾帶來的焦慮感，避免**即時新聞**打斷注意力、進行中的計畫和望向遠方的視線。我並未徹底跟外界失去聯繫，每天晚上會請貝雅告訴我世界上發生了什麼事，每周瀏覽一次近期重大事件。我給自己設置了多層濾網。我的文字充滿空氣感，感覺我可以寫出靈氣不輸十九世紀奧地利作家施蒂弗特（Adalbert Stifter）的日記，他的文字彷彿漫步在下過雪的林間，寒氣把故事和他的敘事一併都凍結。

二月二十日。步行前往駝鹿山途中，我腦海裡響起了一段慢板旋律，聽起來像是某首名曲，但也有可能是我自己瞎掰的：鍛鍊你的意志，攀上山巔前止步，轉身折返。**要做到這點，比攻頂成功更難**。這句話聽起來讓人有巨大挫敗感。我認真告訴自己，等我們重新展開高海拔登山活動，我就要再試一次。駝鹿山攻頂失敗沒什麼，反正我不可能爬上山頂。結冰太嚴重，我忘了穿防滑冰爪，加上太晚出發，又遇到工程進行道路封鎖，而我必須趕回家。

我利用新空出來的下午時光在車庫前蓋了一個雪屋。我依照記憶中唐老鴨童軍團手冊裡的方法執行每一個步驟：

－把雪壓實，做小雪球；

－讓小雪球在（下了一整天雪的）鬆軟雪地上滾動，變大雪球；

—用雪球環繞排列出一個半圓頂空間；
—再用雪把空隙塞滿；
—修整刮平半圓頂的表面；
—最後用長刀在雪牆上割出一扇門。

晚上我把自己關在裡面，點了一根蠟燭，讓人把門封起來，體驗數分鐘幽閉恐懼症後，再叫人把門打開。沒有人理我。女兒都走開了？我大喊，越喊越大聲。受到驚嚇的我一腳把牆踹破。她們都在雪屋外，只是沒聽見我的叫聲。雪是絕佳的隔音材，這個教訓很重要：如果遇到雪崩被困住，不要浪費力氣喊叫。令人意外的是燭光可以透出去，接近燈籠朦朧照明的效果。光子擊敗聲波。

我們為了能在戶外過夜，在雪屋開口處點燃篝火。雪磚排列參差不齊，留出的平面空間從尺寸和大小來看都像是層板，正好可以讓你放上一杯熱茶和熱巧克力，溫度讓雪融化後微微凹陷，形成一個小小的圓形水窪，之後重新結冰，但會留下杯底那一圈模印。像不像冰鑄的錢幣？我們天馬行空亂想，因紐特人說不定可以使用冰幣在北極圈做交易。不行，鑄幣太容易，而且得在春天來臨之前把所有錢花完才行。以冬季限定短期貨幣建構的經濟體系真的無法擴大到全球範圍嗎？

唐老鴨童軍團。我們走到天鵝絨岩避難小屋的時候，亞諾琪累癱了鬧脾氣不肯走，整個人躺在地上。我耐著性子看著她，心中盤算我其實可以綁住她的雙腳，借助結冰滑溜的山間小徑，不用費太多力氣就能把她拖到谷底。

我骨子裡是個水手，永遠隨身攜帶兩公尺左右的繩索。只要口袋裡有繩索，就能夠高效率擺平許多突發狀況，可以自給自足，當其他人得向專業技術人員求救或放棄的時候，有繩索的人可以把購物籃固定在腳踏車置物架上，可以把停泊的獨木舟固定在岸邊，可以把狗綁在木樁上讓牠不亂跑，可以修理撞壞的汽車保險桿。只要會打三到四種繩結就夠了，其中得包括你可以放心託付性命的結，以及可以輕易解開的結。我明白這種自給自足不是隨便任何一種自給自足，而是無庸置疑的自給自足，那正是梭羅生命實驗的核心。

浮凸的鞋印。融凝雪。與轉角爭地的雪。

我們察覺到融雪跡象，是因為一縷淡淡幽香隨風而來。積雪不復鬆軟，變得越來越堅實。氣溫高高低低，積雪層層分明，一層黑一層白交錯堆疊。上個星期我穿雪鞋走過的地方，出現一個個**浮凸的鞋印**。事情是這樣的，我那時候經過，橡膠鞋底在雪地上留下一個個多孔紋路。被踩踏過的雪相較於旁邊的雪更為紮實，也更能抵抗侵蝕。等雪的高度逐漸下降，比我的鞋印還低時，日本庭園的石板小徑便儼然成形。浮凸鞋印的多孔紋路居然比實物更持久，鞋印亦成為實物。

道路兩側的積雪因日夜溫差變化，形塑成一個蜂巢（這裡的人都如此形容），蜂巢隔成許多小室，壁面在陽光照射下穿孔崩塌，殘骸彷彿白衣或灰衣悔罪懺悔者列隊前進，汽車揚起的灰塵沉積在蜂室裡。雪融後重新結凍再遇到下雨，積雪的形狀便千變萬化，山巒、鬆餅、糖霜、樹葉、尖塔和岩石裂縫，只是髒兮兮、油膩膩、灰撲撲的令人作嘔。外型固然優雅高貴，本質不提也罷。那種感覺就像是看到一尊

美麗的雕像，卻發現材質是低劣塑膠。之後再度下雪，轉眼間又恢復成童話世界。不過最後結果是黑白相間的千層蛋糕，一層黑一層白一層灰，分別是沙、雪和鹽。我需要一個常用名詞表才能把寒冬的種種變化說清楚，義大利文的優點是形容詞，柳絮飄雪、細雪霏霏、漫天大雪、墨雪。瑞士德語 Firn 是說春天的雪，專指阿爾卑斯山北麓到夏天才融化的雪原。或許形容詞足矣，再過沒多久就不需要用到名詞了，我們遲早能等到最後一次雪融。我其實比較想用英文來描述雪景，有些字聽起來好美。Wood、mountain，發音彷彿有光，一讀出來就隨風散逸。義大利文的樹林 bosco、山巒 montagna，格外詰屈聱牙。

二月二十一日。又下雪了，雪快停的時候一切都放慢了速度，近乎停滯。山丘南麓的雪融了又再度結凍，比北麓積雪堅硬許多。所以遇到山徑坡度較陡的時候必須格外留意。

下雪後出門很像玷污了世界的純潔無瑕。就像小時候一大清早跑到海邊，在沙灘上留下一天最早的腳印，那瞬間還以為自己是地球唯一的主人，世界限縮到只有大自然，沒有文明，也沒有社會。我們可以是第一個發現者，也可以是最後一個遺棄者，我們可能會覺得驚豔，也或許沉溺在鄉愁裡，我們看顧每一朵花、每一顆石頭，宛如它們的守護者。

阿帕拉契山徑有一段路沿著溪流走，會經過艾特納鎮的舊墓園，最後立碑時間是十九世紀。我靠近去看其中一個碑文：雪與角落相爭，攻無不克。它能把二面角填滿，能讓銳角徹底變圓潤。我不知道雪如何附著在每一根針葉上，但它必須做到，才能夠覆蓋整株樹。做大事總得有個起頭，那就從小處著手。

有幾株樹離墓碑太近，樹根輕撫枯骨。有時候我會在多年前殉難的將士墓碑旁看到一面塑膠美國小國旗，我想那應該是集體愛國主義作祟，而不是某個後代子孫孝心大發。歐洲的墓園被封閉在高牆內，而高牆加深了心中恐懼。牆擋住伸出的雙手，牆上突出的釘子勾住路人的外套。**風塵僕僕的旅人，你要去哪裡？你想拿回你的外套嗎？來拿啊！**在美國，就連住家庭院都不築圍牆，墓園又何須多此一舉？（漢諾瓦鎮入口一戶人家院子裡就有幾座墳墓，不知道他們家晚上跟小朋友都說些什麼故事。）我們自然不會在墓園純淨雪地上輕率地留下足跡，以免被視為大不敬。

我站在一處高地，利用難得的缺口望向前方風景。這是繪畫練習的好時機，問題是要掏出紙筆實在太冷。於是我在心裡完成了一幅草圖，把眼前這一幕所有細節一個一個記下來，用眼睛描繪它們的輪廓，彷彿之後要依樣畫在素描本裡。舉例來說，我往下看，看不出山丘側面輪廓，眼前一片雪白，只能靠雪地後方的樹木勾勒其形，憑藉的是感知，完形心理學派應該對這一點很滿意。

是感知，抑或是幻覺。我意識到自己快要墮入非現實深淵。我跟小黑在佛蒙特州基靈頓（Killington）的滑雪纜車站旁散步，成堆滑雪客中我們是唯二在走路的，非常不合群。我穿的衣服不倫不類，又是外地人，看起來就是個異類。這裡到處都有薄冰覆蓋，非常滑，又很容易崩裂。各種金屬反光差點把我們的眼睛閃瞎（好像有賣小狗專用的太陽眼鏡，我考慮一下）。停車場後面應該是雪砲測試人工造雪的地方，那個角落因此改頭換面，樹木被厚重的雪所覆蓋，形狀讓人想起植物的原始樣貌，只可惜朝著詭譎造作的方向發展，讓人有身在不知名星球上的錯覺。就連天空似乎也結了冰，太陽貌似乳白色燈泡。因為相機設定錯誤，我拍的照片都偏藍，

讓人誤以為我造訪了某個跟地球很像的變形星球，理想中的天王星。我天馬行空想像自己到了外太空探險，在我們每個人心中都有的尤利西斯帶領下，不斷有新發現，去到遠方。

住在愛德華·霍普的畫裡。冬天欲走還留。

三月十一日。一眼望去看不到盡頭。校園完全被白雪覆蓋，沒有任何動靜。皚皚白雪籠罩且征服萬物，彷彿日日都是星期日。不聲不響的，人類組織持續孜孜不倦工作。學院公告從午夜十二點到早晨六點停車場禁止停車，以便清掃道路積雪。只開放戶外大台階左半側供人通行，為了發揮最大功效，寧願讓資源減半。

皚皚白雪籠罩且征服萬物，
彷彿日日都是星期日。

我去校園途中經過自行車停車區，停車架上的自行車幾乎全部被雪覆蓋，只露出把手。顯然每天早晨車主都得費盡力氣才能把車解救出來，最後乾脆放棄，等待雪融化後再來領車。反正現在也無法騎車上路。（這一點自然因人而異，我朋友梅莉莎說他們家的自行車裝了雪胎，車胎直徑寬，跟戰車一樣。不知道是不是真的有效？）

清掃積雪的時候停車計時收費機被埋進雪堆裡。我如果以此為理由不繳費，交通警察肯定照樣開罰單。我只好動手挖，讓計時收費機冒出一點頭來，才能把二十五分銅板投進去。

我等著接女兒下課，得在黎巴嫩鎮打發兩個小時。咖啡館點餐黑板上有這麼一句話，鄭重宣布：

春天來臨
倒數十天

太陽露臉，咖啡館把門口打掃乾淨，搬了幾張小桌子出去。我覺得可以做個總結：我們度過了一個百分之百的秋天、一個如假包換的冬天。接下來等著看春天是怎麼回事。

黎巴嫩鎮自成一個世界。由交叉路口往上坡走，彷彿置身在美國畫家愛德華・霍普（Edward Hopper）畫作的立體世界裡，一排木屋，有的有小尖塔，有的沒有，有的屋頂是鋼板，有的則鋪了瓦片，有的有庭園，有的只有小小一方花圃。太陽斜照在牆面上，切割出俐落清冷的陰影。跟我家一樣，走廊前方的矮樹叢有木板遮棚做保護，跟我家一樣，也是手工量身打造，這是寒冬經濟的諸多極端現象之一。要先釘木板，秋天的時候架起來，春天的時候拆除。

入夜後氣溫還是會降到零度以下，早晨是散步的最佳時機。但是走在被踩踏過、硬梆梆的結冰山徑上，周圍積雪持續融化，路面容易打滑，跟走在平衡木上沒兩樣，冰爪更是時刻不可少。

而且出乎大家意料，三月十二日下了今年最大的一場雪。前一天積雪才開始融化，到處都是水窪，路面上也有一層雪水，結果夜裡降溫到零下十度，水窪和雪水

都變成了太平間裡堅硬的大理石。新雪才牢牢附著在舊雪上，大雪又至，而且降雪不止，來勢洶洶。緊接著出現的就是之前見過的圓錐體、雪堆、被雪覆蓋的枝椏、冰雕玉琢的欄杆和有積雪的屋頂。看到暖爐中規中矩、一絲不苟地運作，我鬆了一口氣，所有細節都被照顧到，調度冬季這場大戲的導演應該是藝術學院畢業的。我仔細端詳直徑大約兩公厘的雪花，還用手機的微距功能把它拍下來。雪花是一種晶體嗎？水當然是一種礦物，看到水呈現幾何形狀的時候別忘記這一點。我們可以說雪具有水的特性。不像冰，雖然堅硬、飽滿，但是無定形。

一樓和地下室。

貝雅一直想住一樓，可以聞到剛除過草的草皮芬芳，坐在台階上看書曬太陽，工作的時候有大樹乘涼，打開窗戶就可以叫小孩回家吃晚餐，自己和大自然之間沒有隔閡，無論是住一樓，或是住平房，重點是房子得在樹林裡，像童話故事書裡的插畫那樣。我總覺得受到威脅，寧願住二樓，必要的時候可以跳窗，也不要躺在沙發上看書的時候瞄到居心不良的人在眼前出沒。兩層樓洋房是很不錯的折衷結果，我在樓上活動，樓下是貝雅的地盤，雖然最後我仍然盤據了一樓大多數空間。我如果真的很需要安全感，就會到地下室去。地下室這個名詞不太能體現出基地的感覺，它其實是房子的基礎和根基，四面厚實的水泥牆正好準確框出建築物的周邊位置。煙道基座也在地下室，是牆面上唯一變化。一樓靠一排梁支撐，所謂梁就是一根根木頭，排得很密，之間間隔五十公分，用兩根釘子固定，很普通的釘子，沒有螺絲釘、凹槽或卡榫。我頭頂上方的木頭拼花地板就直接鋪在地面上，房東提姆對這個房子的地板厚度十分自豪，有一拇指厚，今天能找到半拇指厚已經很不得了。我待在地下室可以聽見所有人在我頭上走來走去。噠噠噠，是小黑走去暖爐旁。咚咚咚，是女兒下樓梯。我很喜歡銅管的幾何分布，那些銅管都是明管，懸吊在天花板上，從熱水爐輸送熱水到不同房間再送回熱水爐。我跟賈斯柏聊過，他一人獨力蓋完自己的家，他跟我說地下室是唯一需要發包施工的部分。他家的地下室牆面夾層是木頭，只要一個燒柴的暖爐就能讓全家保持溫暖。

雪和階級鬥爭。被白雪蠱惑的駕駛。

緊貼街道的住宅庭院被市政府掃雪車噴出來的雪淹沒，再次驗證了貧富之間的差距：窮人沒有緊急應變空間可用。他們非但沒有自己專屬的緊急應變空間，就連屬於他們的那一點空間也因社會上其他人的緊急需求而被占用，只能在別人製造的髒兮兮積雪中挖出一條通道。問題是，他們鏟掉的雪能往哪裡放呢？

冬季步入尾聲，堆高、鏟除再堆高的積雪不化，形成一座座雪山，降雪繼續落在這些小山上，鏟走，再堆疊，變得越來越紮實，最終跟周遭景物融為一體。有卡車載著幾名健壯的工人來到學院，把幾座雪山劈開後運走，不知道運去哪裡，或許丟進河裡，或許送到某個無底天坑造一座冰庫，或是堆起等明年秋天才融化的高聳白雪尖塔，等融雪時刻到來，全部流入谷底。偏偏住在谷底的是窮苦人家，這可不是故意安排的。登高可以看到：風景、乾淨、空氣清新，還有初昇旭日。低處可以看到：幽暗樹林、壅塞交通、髒兮兮的雪，還有正中午就已經昏暗的天色。

到了這個時候，我敢誇口我已經學會如何在雪地裡開車，並且適應了不踩煞車（永遠不踩煞車）、讓輪胎保持轉彎狀態的開車模式。但我依然覺得至今沒有開出路面是個奇蹟。我其實在門前結冰的車道盡頭猛踩過煞車，整輛車滑出去橫亙在省道正中央，幸好這個地方幾乎從來沒有其他車輛經過。

路旁是隆起的雪白小山丘。我又開始不切實際，自我催眠說我如果開車衝進這些雪堆裡，說不定一頭撞上後可以毫髮無傷出來，但是會不會在雪堆裡有一個大洞，或是一塊突出的石頭呢？我覺得很可能有人這麼做過，雪堆的誘惑實在過於強大。在鄉間小路上開車的時候這個念頭揮之不去，我該試一把嗎？必須一勞永逸把問題解決，我把車停在路邊，眼見為真：鞋子一踩上去，雪丘立刻陷落，所以積雪下方是坑洞。我如果在白雪召喚下開車衝過去，會發生什麼事？現在恐怕連人帶車一起頭朝下動彈不得，只能等待拖車來救援，一邊擔心天氣嚴寒，一邊努力回想車子裡是不是有可供取暖的蠟燭和火柴。

冰河時期的最後支脈。陰謀論：阿爾卑斯山本來就沒有冰河。

有人提醒我，就技術層面而言，二〇一七年的今天，我們生活在前冰河期。火星天文學家可能是如此看待地球的，因為地球極地終年冰雪覆蓋，北半球大多數地區自十一月到四月都是銀白色，高山山巔的雪原到了夏天依然不化。就技術層面而言，我們甚至可以假想這個階段永遠不會結束。只要冬天下雪，而且直到夏天還有人在山谷裡或冰箱裡儲藏那麼一點雪，冰河陰影就不會淡去。

小時候，每年夏天我們都去義大利西北方的科涅鎮（Cogne）度假。科涅位於西阿爾卑斯山脈的大天堂山腳下。如果從瓦農特山谷出發，往赫伯特峰或金錢露營地方向攀爬，擋住去路的是令人望而生畏的魔王冰川，那是阿爾卑斯登山客的夢想，也或許是夢魘。我們當時心想，總有一天得跟那座龐然巨塔一較高下，但是需要做長途步行訓練，最好先從短程登山開始，攀爬幾個困難度較高的冰陡坡，當作長征計畫的前期準備吧？從高原左側看向山頂，有兩根壯觀冰柱從天而降，圍出一個被冰磧碎片覆蓋的晦暗孤立區域。最終目標是在破冰斧和冰爪輔助下攀爬其中一根冰柱，登上高原。隨著時間，這些爭強好勝的念頭漸漸消失，我們選擇近距離散散步，攀爬幾座能力所及的小山，理智戰勝了雄心壯志。其實我們根本走不了太遠，數年前我重返現場，魔王冰川縮水了，像脫水後穿起來很不舒服的羊毛襪，兩根冰柱消失無蹤，上方平台跟下方平台之間斷了聯繫，間歇出現幾個可有可無的大石塊。早就消失的還有絕美的葛利沃拉山北麓，彷彿一座白色大教堂，也像一道閃電由地表劈向天空，而今只留下遍地暮氣沉沉、胡亂堆砌的碎石，宛如為阿爾卑斯登山活動立了墓碑。我無法帶你們回到過去，想要親身體驗冰川倒退的人可以去法國東南方的霞慕尼鎮，就在白朗峰隧道口過去一點，山谷裡轉兩個彎後可以踩著泥濘往布松冰川小屋前進。三十年前，從這裡可以往下走到藍色冰塔塔底散步，那時候甚至還有專門教人如何在冰川上攀爬的課程，一個小時的迷你課程，今天眼前只有一條綠意稀疏的砂石河床。明信片裡面的冰川是谷底一條結凍的蛇，放鬆慵懶地躺著，今天我們看到的則是一個空蕩蕩的冰磧盒子，像是修圖結果，或是在蘇聯統治階級合照中人工加入青年史達林像的感覺，自然少不了有人不信氣候變遷說法，提出這個或那個陰謀論，說阿爾卑斯山本來就沒有冰川，冰磧是毛毛蟲搬上來的，雪是滑雪場雪砲人工製造出來的，所以別再庸人自擾，睡覺去吧。

四分五裂的道路。鏟雪工人和雪堆。

三月二十一日。春天來了！貌似來了。

此時此刻掃雪車把所有坑洞都填滿了，路面上到處都是積水，一有機會就把道路全部淹沒。仔細一看，所有省道比之前更加顛簸，柏油路面如波浪般忽高忽低，我們便跟著起起伏伏，有部分路面還綳開斷裂。不過特蕾莎說之後就會恢復原狀，傷痕會慢慢癒合。道路就像一條活生生的蛇，夏天的時候冬眠，冬天的時候扭曲抽搐。

道瓊斯很開心，因為我們家還有囤放積雪的空間，附近鄰居的車道都堆滿了，包括那幾戶遠比我們富裕的人家也不例外，最後那場雪是致命打擊。

道瓊斯的工作模式是：開著貨卡從小路盡頭出發，把大部分的積雪挪到道路兩旁，殘雪形成的圓壟越來越大，最後入侵人家院子裡（但是也沒有其他辦法，否則省道會被雪壟盤據）。你家的庭院越大，就越能經受得住冬天的考驗，更何況我們

家還有一個小籃球場呢。被道瓊斯移走的積雪最終看起來像是瞬間結凍的大片海波浪，而且是會將我們都吞噬的海嘯。

寒冬反反覆覆，以圖像和音樂形式描繪勾勒季節。儘管地面仍有白雪，麻雀已提早預告春天將至，像日本短篇故事裡為住在永冬之境的憂鬱天皇和百姓表演的機械人形偶。雪飛濺到依然高掛枝頭的樹葉上，雪融化成水，還在葉尖匯集成水滴，入夜後全部凍結成冰，早晨出現在我們眼前的彷彿是糕點店櫥窗，一個個脆薄餅內有糖漿夾心。如果下雨，氣溫跟著下降，樹木就會被貌似古老煤油燈燈罩的半透明小冰柱包圍。只要一點動靜，就可能會出現裂縫，只要微風吹過，冰柱就互相碰撞叮噹作響。是樹、風、冰柱、玻璃風鈴合奏的催眠樂曲。**旅人，你不喜歡我們的音樂嗎？停下腳步聽聽我們為你獻唱。**

現在玻璃窗不如之前那麼冰冷，小黑只要出門就會舔個不停。我們從家裡看出去，只見牠紅色的舌頭在玻璃上留下一條條濕漉漉的痕跡。到底玻璃有什麼好吃？我不敢嘗試，但是又忍不住想模仿。其實我認真回想，似乎對霧玻璃的滋味略有印象，這意味什麼？恐怕我小時候也舔過玻璃。

到底玻璃有什麼好吃？
我不敢嘗試，
但是又忍不住想模仿。

房子賣掉了。泥巴季節近在眼前。

大消息。房東把房子賣掉了。還住在裡面的我們連同合約及押金一併轉給了新房東。知道自己跟家具被歸於同一類，頓時感到安心，我們不需要搬走，只是被轉讓。我們當然知道這間藍屋頂之屋遲早會賣掉，租賃合約上載明仲介帶客戶來看屋一事。我們想到會有緊張兮兮、窮追猛問、倨傲無禮的潛在買主絡繹不絕來訪實在不怎麼令人開心，因此我們在能力範圍內竭盡所能希望讓**第一個上門**的客戶就把房子買下來。從動機角度出發，做到這點並不難：我們的確很喜歡這個房子，捨不得離開它，對熱愛大自然、家裡有小孩、不畏懼一天得花兩個小時開車的家庭而言，這個房子是夢幻逸品。我們如果在此地定居，也會選擇這個房子。然後再用科學技巧進一步催化：讓烤箱裡的餅乾散發妙不可言的香味（這是老方法，但是屢試不爽），把家裡打掃得一塵不染（這是認知科學很有名的一個實驗結果：如果讓來訪客人看到垃圾桶最上面是香蕉皮，心裡會給予負面評價），買主來訪前一個小時把木頭地板擦得光可鑑人（地板蠟的味道跟烤餅乾的香味完美結合），準備一壺茶和小點心（禮物可以突破協商雙方心防，胃裡裝滿食物的時候會傾向於做正面決定，有助於挽救法律協商困境）。即便有時候買主出人意表並未親自前來，而是派難纏的房屋仲介出馬全權代表，我們也會冷靜、堅定地說服對方這絕對是一個值得投資的好買賣。成交！

我們一點都不希望冬天結束。沒有半個歐洲朋友相信我們描述的冬天景象（他們的冬天有木蘭花開、露天晚餐和三月毛毛雨）。這裡的冬天簡單、乾淨，除了白色、黑色，就只有藍色。我們最怕冰雪解凍。這裡對季節的說法很生動，秋天是色彩的季節，冬天是雪的季節，緊接著是**泥巴季節**（再來則是**蒼蠅的季節**，但那時候我們已經搬走了）。雜工比爾．拉瓦爾給我們上了一堂流體力學課。冬季地面結冰可達半公尺厚，當溫度開始上升，表面的雪會融化，但是解凍的地面無法吸收水，便會形成水窪和泥漿，直到地底深層解凍為止。大家都說要有所準備，會有十五天災難日。但是我們此刻卻莫名期待再下一場雪，讓泥巴季節延遲到來，但同時免不了會加劇日後的泥濘問題。我們度過的這個寒冬格外嚴峻，因此春天會更難捱，大家都這麼說。

樹木終於露出清晰可見的底部輪廓，與完美的圓形樹幹呈圓弧垂直交接。唯有這個時候我們才能看到像小朋友圖畫裡，或是摩比組合玩具立在塑膠底板上的樹木模樣。在其他時節，樹幹都跟土地混為一體，看不出來從哪裡開始。只有這個時候每一株樹完整獨立，這裡頓時變成繪畫者的樂園。

春分的縮時攝影，對陰影的新發現。《冬之旅》套曲少了一首。

幾份不盡完善的地形圖上都有一條實際上不存在的沃爾夫伯勒路，算是艾特納鎮到漢諾瓦鎮之間的捷徑。那條路是在早年靠驛站傳遞郵件時期，由一名政府官員繪製而成。如今汽車取代馬匹，道路也鋪上柏油，放眼望去只有樹林，每株樹都很細瘦，很年輕，是與光鬥氣急著長大的樹。有太陽的時候（即便中午時分，太陽也沒有比地平線高到哪裡去），光禿禿的樹幹在雪地上形成地毯般的厚重陰影，近乎平行的線條彎彎繞繞看不到盡頭，跟周遭各種高低起伏融為一體，有坑洞，有凹陷，有隆起，也有溝壑，都被一條結冰的小溪切過，再在溪的另一畔接續下去。白天的時候，影子地毯跟著太陽挪動，慢速攝影鏡頭中上千道光束互相追逐、交疊。此刻接近滿月，夜色中那片地毯依然在轉動，是繼續維持早起習慣的我在天色未亮之前所見。

縮時攝影的念頭依舊縈繞不去。別再想了，快採取行動吧。越靠近春分，白天越是美不勝收，我準備在面向東側樹林的那個房間裡進行縮時攝影，下載了一個看起來很好用的免費 app，即便影像畫素低也無妨，因為我對手機記憶體沒信心。我擔心的是（以前的不愉快經驗）攝影鏡頭會晃動或手機沒電，所以做了萬全的預防措施。我用紙板和膠帶做成的支架固定手機，架在依然會結霜的窗戶內（我不敢讓手機整天放在室外），調整好定時器，一分鐘拍一張，啟動。剛開始我還用吹風機先把玻璃窗上的冰吹化。在我確認卡嚓聲規律持續後，就踮著腳走開，但是在此之前我已經在家裡四處擺上了警告標語：

重要科學活動進行中

晚上我把一堆線路收起來，拍了十二個小時的太陽，一共七百二十張，全部接起來。

結果完全符合期待。樹木並不密，但是陰影總是比樹跟樹之間的距離更長，出來的效果就是一片樹影地毯隨著時間原地打轉。緩慢而有條理，像是有上千根指針的時鐘。我滿意微笑，自得其樂。影片最後給了我一個驚喜。太陽下山後，**樹影不再轉動，反而爬上樹梢，爭先恐後朝天空奔去**。彷彿要棄我們而去，拋下地球，重回偉大的暗夜之母懷抱。我難掩心中激動。我多年來研究陰影變化，從未發現有人觀察到這樣一個特殊效果。或許我是第一個有所察覺的人，這個出人意表的小發

緩慢而有條理，
像是有上千根指針的時鐘。

現對從事研究工作的人而言是一輩子極其珍貴的成就。想要得到這個觀察結果，光用眼睛看不行，必須用縮時攝影才辦得到。而且要用音樂語彙才能如實描述。如果舒伯特當年有機會玩智慧型手機，說不定會給《冬之旅》多寫一首曲子，曲名叫〈影之離觴〉。

為了追蹤日出軌跡，我從冬至之前就開始進行的縮時攝影也不得不劃下句點，因為日出過於偏向北面，已經跑到視窗左側外面，根本拍不到。剪接後的結果也不盡理想，可想而知，只有出太陽的時候才有畫面，沒有太陽的時候，影片只有空畫面。此外，鏡頭不是很穩定，畫面會晃動。但是仍然可以看見日出一開始速度很慢，會倒退，再緩緩重新出發，然後加速、衝刺，跑到鏡頭外。我原本想呈現的是太陽，結果影片展現的則是環境的快速變化：無論秋天、冬天或春天，基本上地面都有冰雪覆蓋，但是有千百種樣貌、色彩和厚度，那是寒冷千變萬化的容顏。

楓樹背後的政治小故事。康乃狄克河。車道堵塞。

上個星期有神祕人士給 Muscle in Your Arm 農莊（「肌肉結實手臂」農莊，這是什麼名字？不知道誰在這裡工作？我慢跑經過的時候只遇到一隻長毛黑狗，百般無聊地對我吠叫。是敦促過路人不要偷懶加快腳步的意思？我百思不得其解）的楓樹做了一點加工。在樹幹離地半公尺高的地方插入一根管子充當掛鉤用，再掛上有孔蓋的圓桶，原本要往樹梢流動的樹液便一滴一滴順著管子流入圓桶內，會有另外一名神祕人士定期過來更換。現代化經營的農莊會使用專門的幫浦，但是在朵格米爾路這一帶要操作太困難，還不如派人來更換收集樹液的桶子比較簡單。肌肉結實手臂農莊旁邊搭了幾間棚屋，屋頂上有快要傾倒的歪斜金屬排煙管。一旦開始收集樹液就要點燃爐火，日夜不停加熱提煉集中倒入金屬盆裡的樹液，有一名工人很驕傲地跟我說楓糖漿是四十倍濃縮的成果。

香氣四溢的蒸氣從屋頂上的排煙管排出，每天早晨融入晨霧中。難不成這附近

連續好幾天起霧是源自於此？帶著甜香氣味的霧，是棉花糖的始祖吧？

積極利用楓樹背後有一個政治小故事。美國內戰期間，北軍大量提高楓糖漿的產量，壓制了南軍來自甘蔗種植的經濟獲利。北軍是這麼想的，不種甘蔗就不需要奴隸，或需要較少的奴隸。或許茶喝起來口感不同，但不會因此變難喝，重要的是成就感。我們從中學到一課，今天或許可以應用在再生能源上。特別是為達政治目的當機立斷的決心：有失才能有所得。重要的是**嘗試**。

康乃狄克河面上的冰尚未融化，被冰層壓制在下面的水流將翻身從白色巨獸手中奪回主導權，二話不說將之沖走。

我們終將在河中重聚，是嗎？
天使在那裡留下閃亮足跡
如水晶般透澈的浪花
從上主的寶座滾滾奔流而來，不止息

這段副歌有各種版本，而出自美國作曲家阿隆．科普蘭（Aaron Copland）之手的版本低調且強大，我認為最能夠表達康乃狄克河那種與宗教未必有關的神祕感。當然，歌詞中提到了上主的寶座，半點不假，不過顯然這裡的神是某個原始現象的修飾轉化，代表我們每一個人對那個廣袤、緩緩流通的世界敞開內心，而那個世界非但不陌生，還有一種熟悉感。是內化的、屬於日常的無垠，令人敬畏，也令人嚮往。

新房東是來自波士頓的年輕開朗夫婦，在華盛頓州待了幾年之後重返美國東岸定居，他們想跟前任房東一樣折騰我們，趁我們還住在裡面的時候就「大興土木」。我們立刻提出異議，最後他們有所節制，決定只來一天現場勘查，好為工程編列預算。房東全家出動，夫婦二人加兩個小女兒之外，跟著來的還有房東先生的父親和同居人，房東太太的母親、煙囪工人、一氧化碳偵測器安裝工人、暖氣維修工人及助理、轉包工人A（一對夫婦）及競爭對手轉包工人B，除此之外凱莉也來了，她是清潔工（三人清潔小組），今天正好是她的工作日，不可能讓她別來。他們不可能走路來，因此停車空間全滿，車道上停滿了車，由於前一晚下雪，有人的車開不上來，兩輛汽車卡在車道中央，還有兩輛小貨車停在車道口。而我中午得出門去上課，只得讓所有人挪車。結果你們猜我開出車道後遇見了誰？道瓊斯，好命的傢伙。他戴著墨鏡，一隻手臂伸出車窗外，跟我說他得了厭雪症。厭雪症！應該是藉口吧？他無法清掃車庫前方的雪，我下課回來後只得自己動手做。

比爾也出現了，他還得再砍一棵樹，樹倒下來的時候砸到籃板，搗毀了籃球架。我只能勉為其難盡力修復，這裡補根釘子，那裡加塊木板，就跟小黑作錯事不想讓人知道的時候一樣。

市政府碩大的掃雪車開始清掃行車道兩旁的積雪，弄成護城河的樣子，否則融化的雪水流到路面上，入夜後會再次結冰。積雪被刨開後露出層層內裡，很有裝飾性，深淺不一的灰色，間或夾雜一顆石頭，或一根樹枝。到底下過多少次雪？

壁爐黑魔法。森林法則。第六個實驗：迷路。

一名黑魔法掃煙囪協會成員憑空出現，他渾身上下都是狄更斯小說中無所不在的煤灰，眼白讓人又愛又怕。他在暖爐前面攤開一塊白布，動作輕巧地打開暖爐做清潔，彷彿在處理的是一個骨瓷杯。之後他爬到屋頂上花了一個多小時清掃煙囪管道。煙囪幾乎全部堵塞，歷經了數個月的高溫或低溫交替燃燒，煤灰無法昇華。其實我們經歷過兩次煙囪起火事件，第一次的罪魁禍首是我，我把一枚去煤灰錠（店家賣給我的時候是這麼說的）丟進點燃的暖爐裡，按照說明書指示把所有通風口都打開之後就出門去辦事，留下貝雅和兩個女兒在家。她們跟我說，暖爐突然發燙，她們迅速掏空爐膛，往排煙管上潑水，把燃燒中的木頭丟到雪地上。接下來應該做的是將暖爐封閉起來，避免火勢向外蔓延，不過她們能夠及時做出那些反應已經很好了。我回家的時候室內煙霧瀰漫，火警偵測器仍然持續發出尖銳的嗶嗶聲，同時還有人工合成聲音掐著嗓子喊：**失火了！失火了！失火了！**本來火警偵測器的功能是萬一房子著火必須喚醒沉睡的你，但是在那種情況下（房子失火），生死存亡繫於一台瘋狂叫嚷的機器，顯然事情沒有那麼簡單，也不是什麼好辦法。

黑魔法掃煙囪工人放下他手中哀嚎的吸塵器，跟我們說他把能清除的都清掉了，我們應該持續高溫燃燒，才能瓦解附著在爐膛裡面的鈀（我們呼吸的是鈀？跟義大利文藝復興建築師帕拉底歐〔Andrea Palladio〕同名？），不過他無法刮除的結塊煤灰很可能會因此產生「爆米花效應」（什麼是爆米花效應？就是煤灰有可能因為高溫而改變狀態，瞬間從固體變成泡沫狀，堵塞煙囪管道）。

煙囪和樹林。我現在對鄉間生活多了幾分把握。就讀大學期間，整整五年時間，我跟朋友卡洛租了一間小屋，在阿爾卑斯山區阿爾伯尼克鎮外，科莫湖北面美佐拉湖的盡頭。一年的租金是十萬里拉，沒有水，沒有電，也沒有暖氣。房東是伊達太太，她兒子在瑞士工作。我們每個周末都去小屋，每次都順便從一個廢棄工地搬兩根木頭，用卡洛的迷你金龜車載過去，我們用那些木頭在小屋屋頂上搭了一個棚子、幾張長凳，還有一個可以睡覺的臥榻。那間小屋原本用途不是住人，而是煙燻栗子的地方，在取代天花板的橫梁上架好藤條編的篩網，再把栗子鋪上去，農民會在室內點燃火堆，一燒就是好幾天，煙會從屋頂片岩縫隙間散出來。所以小屋整間都被燻得黑黑的，我們花了不少時間刮除煙灰，洗洗刷刷，還重新粉刷油漆，但效果不彰。黑色汙漬不留情面再次一一浮現，除之不去。有一天我們貿然決定要讓屋子暖和起來，向我年邁的姨母買下多年不用但依然完好的鑄鐵暖爐。我們說服了幾個算不上身強力壯的朋友幫忙，六個人一起用一根木棍扛起暖爐走著小徑往山上爬。我們走了一整天，中途暫停十次讓背脊放鬆休息。每次我劈柴放進暖爐裡，都會想起久遠之前的那段奇妙時光。說不定那其實是我做的一個夢，因為是多年前我到阿爾伯尼克鎮外做田野調查，沒看到那間小屋，當時我迷了路，開始四處亂轉，心臟差點跳出來。我之所以驚慌失措，正是因為照理說我應該對那個地方很熟悉。有人把這個現象稱之為「樹林恐慌症」。我往回走，既覺得丟臉，又覺得手足無措。樹林一邊冷笑，一邊不動聲色收復了失土。

這裡的樹林此刻也在冷笑。下雪的時候如果沒有風，砍伐後留下的樹墩便會被白雪籠罩，變成一個個戴著兜帽的小矮人。誰敢說樹林裡面沒有住人？砍樹難道不會傷害樹靈嗎？靈魂以各種形式出現，也有可能是惡靈。**小矮人，戴著兜帽的小**

矮人！旅人啊，你為何逃跑？我只是被砍剩下一節的樹墩，白雪罩頂。你以為你能逃去哪兒？快給我過來！

我想再次體會「樹林恐慌症」。於是，第六個實驗啟動：培養（小範圍的）無方向感。我往艾特納鎮教堂方向走去，尋找這個季節地面未結凍的阿帕拉契山徑分支步道。我之所以敢做這個嘗試，是因為我知道阿帕拉契山徑基本上都跟主要道路平行，如果真的遇到困難，可以想辦法強行橫渡樹林找到回去的路。我能做到嗎？至少得試試看吧，我告訴我自己，想體驗離開舒適圈是怎麼回事，又不需要真的離開舒適圈是有條件的。這是一條下坡路，我聽到的似乎是汽車引擎聲？我跨過一株傾倒的樹，從另一株傾倒的樹下方鑽過，順著大岩石往下滑行，因為我看到前人滑行的痕跡讓我信心大增。有多少迷路的人誤以為自己對路徑很熟悉？或以為自己能夠在對的時間做對的選擇？該繼續往這裡走？還是應該折返？如果無法以眼睛所見來做判斷，又該如何決擇？跟著動物的足跡走？什麼動物？

鹿在雪地裡跳躍留下的足跡獨一無二，幾個足印擠成一團，之間的空隙正說明了跳躍的跨度。白雪成了黑板，凡走過必留下痕跡，狐狸、車胎、狐狸、小鳥、雪

砍伐後留下的樹墩
便會被白雪籠罩，
變成一個個戴著兜帽的小矮人。

鞋、小狗，雖然看不出什麼時候經過的，但看得出經過的先後順序。在這裡可以看見最真摯的世界，你無法隱藏你走過雪地的事實，想抹去足跡無非異想天開，因為你只會留下更巨大、更鮮明的痕跡。我真想挖一塊保留樹林生態的結冰土壤帶回家，就像切割一塊壁畫那樣，噴完一層固著劑之後拿去裱框。

我走到艾特納鎮教堂的時候，看到兩個邋鞦韆的座椅被雪掩埋，只露出鐵鍊。這個景象同樣令人無所適從，慌了手腳。

折磨人的冰雪藝術，如何培育冰鐘乳石。美國陸軍第十山地師。

我看到新聞說藝術家麥修・巴尼（Matthew Barney）把自己關在冷凍庫裡，想要完成一座石蠟雕刻作品。這個計劃有很多具煽動性的意涵，我腦袋裡立刻想到幾個標題如**蜉蝣**、**自負**、**被凍結的時間**、**掩體**。或許我可以用黃油當材料，刻一個還願用的小雕像，放在窗台外面幾個月看看。麥修．巴尼怎麼沒想到？他為什麼需要人工冷凍庫？有一天銀行金庫將成為我們保護寒冷的地方，富豪才能入內，其他人只能待在外面汗水淋漓、氣喘吁吁，用拳頭敲打厚重的金庫大門直到雙手紅腫脫皮，大聲嘶吼：「讓我們進去，混蛋！」而身在金庫裡面的我們卻可以擁有各種奇怪、邪惡的奢華享受，雕刻還願用的石蠟小雕像，得意地告訴自己寒冷是戰利品，是我們應得的。

我自己做了各種嘗試，因為沒有經驗多次失敗，後來費盡力氣總算成功培育出冰鐘乳石。我一開始想種冰石筍，打算用支架承接車道上方一根冰鐘乳石滴下來的水慢慢凝結，可惜沒能成功。於是我轉而利用門口小拇指粗細的幾根冰鐘乳石上的突起，用繩子在其中一個突起上打結後垂吊下來。從廚房看出去，那根繩子在風中晃來晃去，水滴不大受控制，我心想或許再過兩天能看到成果。但我低估了水和寒冷的強大威力。才過幾分鐘，那根繩子已經僵直硬化，外面覆蓋了一層冰。一個小

時後，那根直徑兩公分的冰鐘乳石已經延伸到地面。我連忙再多綁兩條繩子，結果不小心形成一個牢籠，把我們全都困在家裡，被迫只能從車庫進出。

不過我們遲早得選車庫這條路，因為從屋頂滑落在廚房門口的積雪越來越壯觀，而白天融雪時滴落的水則變成一面玻璃護甲覆蓋其上。前房東提姆在斜屋頂邊緣安裝了一圈電阻，以避免結冰，但是早在十二月電線就因為冰雪結塊而斷裂（我認為這個電阻圈反而助長結冰，不過有鑑於他對我之前提出車道坍方看法的冷淡回應，我不會貿然說出我的假設，更不會提供任何解決辦法）。信奉自然主義的提姆不厭其煩一再重申，水是強大的地質力量。他派比爾．拉瓦爾帶著一根尖頭長桿來，心不甘情不願地敲打了一個小時之後，發現只能勉強留下幾道刮痕，就跟來時一樣默默離開了。這時候冰雪已經在房子周圍築成一道矮牆，融化的雪水四處竄流。我看著眼前景象愈發焦慮，會不會淹進書房？書房玻璃門是向內開的，我稍微拉開一點，緊貼著玻璃的積雪瞬間倒下來，風呼呼地吹，門都關不起來，我只得把雪掃出去。

每當萬物有了生命的樣貌（我是指有了明確的生與死之後），詩意倍增。我折

了一根冰鐘乳石，橫放在用微波爐加熱後太燙無法碰觸的杯子緣口，因為重量，冰鐘乳石漸漸與將它融化的杯子合而為一，最後斷成三截。我很得意地分配那三截冰柱，其中一截給了小黑，難得牠沒有嗤之以鼻。

亞諾琪學校同學的父親跟我說達特茅斯早年是美國滑雪競賽場地及觀光景點，而這個故事要從大戰時期說起。第一次世界大戰期間，美國將領來此尋找懂得滑雪或看起來很會滑雪的人（新英格蘭地區的伐木工人和牧羊人），把他們送去阿爾卑斯山區打仗。大戰結束後，生還歸鄉的美國陸軍第十山地師士兵見識過瑞士人和奧地利人在作戰和觀光方面的組織安排條理分明，覺得新英格蘭地區應該也可以好好發展滑雪這個冬季運動產業。在七〇年代科羅拉多和洛磯山脈幾個滑雪場出現之前，美國人說到滑雪，就只有達特茅斯滑雪道這個選擇。雪道很短、很陡峭，人潮擁擠，常常結冰，要有技巧。

達特茅斯這裡的滑雪人繼續自發地前往歐洲戰場。萊姆鎮附近有一間避難小屋是為紀念雅各布・R・納尼麥克這個年輕人，他於一九四二年大學畢業，同年加入達特茅斯滑雪隊擔任隊長。這位美國陸軍第十山地師下士於一九四五年在義大利戰場上陣亡。一九四五年。在戰爭步入尾聲的時候陣亡是怎麼回事？不是說一開戰就陣亡比較好，可是明明只剩最後幾個月、最後幾天，運氣好一點就可以保住一命，他的家人卻在收音機廣播慶祝盟軍獲勝的那幾天，接到軍隊通報員送來的通知書，無從申訴。直到最後一刻，他們應該都還懷抱著希望吧？

每次在美國鄉間人煙稀少的小村落看到紀念碑，總是讓我感慨萬千。原因有二。第一，義大利的殉難將士紀念碑立碑時間只到一九四五年，這裡卻常常看到離我們不遠的日期。韓國、越南、伊拉克、阿富汗，這些國家名有時候會出現在紀念碑文裡，而且紀念碑似乎很快就會被寫滿。第二，身為歐洲人的我，總覺得對這些跟我祖父母同輩的美國人有所虧欠。在這裡土生土長的年輕人，照理說應該每天劈劈木柴，想想將來有一天成家，幫小孩修修腳踏車什麼的，結果他們為了協助歷經希特勒、墨索里尼、貝當和佛朗哥等獨裁者統治過後的我們恢復秩序，跑到歐洲某個地方浴血奮戰。

小黑費力地走了很久（牠得不時跳來跳去，因為雪太鬆軟難以行走，也沒辦法游泳）之後，趴在納尼麥克小屋為防潮而抬高的地板下空隙休息。已經是下午了，小屋內還有一群學生窩在睡袋裡，室內煙霧迷漫，其中一個學生懶洋洋地用手勢提醒我那裡有一壺咖啡，另外一個穿著內褲從厚重被褥下爬出來。無憂無慮，一派祥和。

松鼠戰爭。生物學家班・吉勒姆。茫然的熊。

貝雅單方面進入她跟松鼠之間的戰爭第三階段。春天看似依舊是個幻影，但她已經買了一個很可愛的鳥食器，造型是一個鐘罩，可以放小粒種子，掛在書房前面一株細瘦的白樺樹上。小鳥不見蹤影，現身的是一隻紅松鼠，不到一個星期就把令人垂涎的鳥食偷吃一空。這傢伙不但凶狠，而且得寸進尺，把黑松鼠家族的一個競爭對手趕跑了。貝雅四處詢問，得知應該用一種防松鼠的襪狀餵食器取代鐘罩。種子用一層白色尼龍網包裹，小鳥可以用鳥喙伸進格網裡啄食，齧齒類動物如松鼠則無計可施。結果完全不是那麼一回事。紅松鼠用尾巴勾住尼龍網襪的吊掛繩，把網襪啃出一個拇指大小的缺口，再把裡面的東西掏出來丟到雪地上，然後優哉游哉地把食物全部吃下肚。

小黑在玻璃窗後面齜牙咧嘴嘶吼，如果放牠出去，牠會衝過去展開攻擊，可是積雪很高，表面還結冰，小黑在冰層上行動困難，而松鼠卻能輕盈奔跑，哪有可能抓到牠？厚顏無恥的齧齒小賊，我說，那隻松鼠知道小黑不會被放出去，還跑來陽台欄杆上向牠示威。得意洋洋的小胖子。

第三階段戰爭是以一個十分複雜的設備為戰場：有幾個黃色突出物的玻璃纖維圓柱體，底部有一個小洞，上面則有一個黃色的小圓頂。保證可以杜絕松鼠，我們拭目以待。三月二十四日，烏鴉出現了，啄食失敗後氣呼呼地飛走了。

最新進度：松鼠完全不費任何力氣再次掏空鳥食器。我們的朋友梅麗莎認為這時候就應該把槍和橡膠子彈拿出來，但我想我們不會再繼續了。我們把牠當作小小羅賓漢吧，那兩磅種子傾倒在地上，牠不可能自己獨吞，一定還有其他受惠者。種子是樹林裡其他動物也會喜歡的食物資源，畢竟這個季節沒有什麼好嫌棄的。隔天凌晨還出現了一隻小鹿來討食。雪依然沒有融化，大型動物能找到東西吃就好。

萊姆鎮的生物學家班・吉勒姆（Ben Kilham）認為最好不要用鳥食器，因為很可能會吸引冬眠的熊出沒。還有熊？熊也吃種子？班・吉勒姆出版了一本書，英文書名 *Out on a Limb*，字面意思是「從樹上一躍而下」，我是在萊姆鎮的藥妝店買的，書中描述熊面臨的困境，沒有降落傘的小熊學習爬樹時會遇到的情況。班・吉勒姆花了二十年時間孜孜不倦地觀察熊，因為他的工作是引導失去母親的小熊回到牠們的棲息地。母熊的死因有時候是被車撞死，或是因為侵入私人土地偷吃鳥食（居然是真的），被視為具有攻擊性而遭到殺害。

如果說北美森林是熊的國度，這個國度的疆界隨著樹林世界面積的改變而改變。十九世紀中葉新英格蘭地區的農業人口是今天的兩倍，農地是今天的四倍，熊全數遭到撲殺或驅趕。今天既然不需要照顧那麼多人的糧食需求，森林成為熊的國度主場景，約占據五分之四的面積。黑熊數量最多，這些體型偏小、個性狡詐的動物跟阿拉斯加的灰熊很不一樣，春、夏、秋三季都忙著吃漿果、嫩葉和昆蟲，慢慢累積繁衍和哺乳所需的熱量，等冬天來臨就進入半冬眠狀態。

班．吉勒姆在引導小熊回到斯馬特山脈森林之前，有時候會跟牠們相處一整季。按照他的說法，小熊都把他當媽媽，這個「印記」讓他得以留在小熊身邊繼續觀察牠們。跟現今主流意見不同的是，他認為熊並非獨居動物，他們展現了高度的社會性，會共享資源，標記領土尋找食物，熊很真誠，對犯錯者會施以漸進式懲處。熊的嗅覺特別靈敏，是彼此互動的重要關鍵。班．吉勒姆從這個角度切入，發現熊有一個嗅覺器官，今天這個器官是以他的名字命名：吉勒姆器官（Kilham organ）。班．吉勒姆還寫了一本手冊，以避免人跟熊不該有的接觸。舉例來說，不要在庭院裡裝鳥食器，以免發出錯誤訊息把熊引來。熊誤以為自己受邀前來用餐，結果無可避免會引發攻擊行為。只有人類會認為熊是來偷吃鳥食，進而開槍射殺熊。

我們對熊的脾性一知半解，因此熊常常被視為人類和非人類之間交流困難的最佳代表。電影和文學作品往往把所有動物都當成狗，又把所有狗都當成人。但是狗是經過篩選的，不僅像人，還能解讀人的要求。那是一種文化產物。看看小黑就明白，牠如果離開有房子、有車的家庭，恐怕沒辦法生活。

其他動物不是狗。我們必須與之共生，接受熊的國度的的確確存在，而這個國度有自己一套規則，我們得試著理解那些規則。對於不全然了解的，我們應該心懷敬意，更何況對方永遠無法理解我們。這堂課教導我們的是：不要放棄任何有助於理解的工具，我們之所以可以從動物身上學習，正是因為牠們跟我們截然不同。

美式生活。家庭末日。

幸好，我不用靠吃昆蟲來達到熊每日至少需要攝取五千卡洛里熱量的標準。每次我下樓走進廚房都覺得很放鬆，應該是那些鍋碗瓢盆的關係，遠比家裡其他簡陋用品更讓人感到親切和重要。廚房配備包括一套法國鑄鐵鍋，色彩鮮豔，有藍色和橘色，鍋蓋很沉重，還有浮凸的品牌名稱（這些鍋子不僅可以用來烹煮食物，裝滿水後蓋上鍋蓋，放在暖爐上直到水快要沸騰，就端到房間去放在床底下，一整晚慢慢散熱）。在烹飪和用餐的這個空間裡，我們總能以最宏觀的視野看世界，不會侷限在小黑盯著我看，想跟我討塊乳酪吃的小世界裡。舉例來說，我們可以因為對各種玉米片、穀物片、粟米片、燕麥片、香脆米果和什錦脆穀片的喜愛而決定定居在此，不管這些穀物早餐有沒有加果乾或蜜糖，有沒有覆蓋巧克力醬都行。我人還沒起床，已經開始期待吃早餐。早餐流程如下，把十多個色彩繽紛的紙盒拿出來跟一大壺冰牛奶排成一列，還有我們被訓斥後小心翼翼捧在手中符合規定的碗（對美國友人而言，用馬克杯喝牛奶加粟米片，就跟我們看到有人把香檳倒進油醋瓶的反應一樣。狐狸和天鵝不該同時出現）。鬧鐘一響，穿著睡衣、半睡半醒的我們一個接著一個出現，爬上高腳凳坐好，趴在大理石檯面上，伸出手中捧著的空碗。

家庭建言：廚房的工作流理檯，那個之前讓我們不勝其擾的新換的流理檯，有可能讓我們的「社交」生活消失不見。沒錯，這種安排氣氛很好，很現代化，很符合潮流，你打開冰箱，然後坐到類似吧檯的工作流理檯後面，不管白晝或黑夜任何時候，倒一杯牛奶或熱一片披薩，就能填飽肚子，全部獨立完成無須假手他人，不管你是大人或小孩。但是儘管一天的時間很長，能遇到別人跟你同時出現的機會並不多。傑森跟我說，他答應給小孩每人二十美元，只要他們一個星期至少有一次全家一起坐在餐桌上吃飯，小孩不肯答應。二十美元。一個星期**只要一次**。

我們頒布家規：大家早餐隨意，午餐各自解決，晚餐必須上桌吃飯，鋪好繡花桌布，端出藍色滾邊盤子，第一道米飯或麵食、第二道主菜都不可少，若想起身離開得開口提出要求，**該怎麼聊天就怎麼聊天**。

第七個實驗：惰性烹飪。

就連**該怎麼**烹飪也變成工作。羅列食材採買清單的時候不容許任何不確定或心不在焉，因為如果少了鼠尾草，你可沒辦法到樓下超市補買。更何況大家都知道，時間永遠不夠用。所以第七個實驗啟動：惰性烹飪。我想到兩個方案，兩者都很不錯。

方案一：

—壓力鍋裝滿蔬菜

—開火

—五分鐘後關火

—用一塊乾布蓋住，封存熱度

—出門上班

方案二，用可以放在暖爐上的鑄鐵鍋烹飪，等時間到了炭火自然會熄滅，跟慢火煮水的道理一樣，是花長時間完成的清淡料理。兩個方案的目標一致：希望回到家的時候菜已經煮好了，而且依然熱騰騰。兩個方案的問題也很一致：烹煮結果不是太生硬，就是太軟爛。利用水的熱惰性可以減少烹煮的能源消耗。我記得之前某任生產勞動部長或經濟發展部長，應該是克勞迪歐．斯卡猷拉（Claudio Scajola），曾經在電視上直接對觀眾發出呼籲，在煮湯的時候蓋上鍋蓋，以減少能源消耗，當時是寒冬二月，俄羅斯威脅要切斷天然氣輸送。可惜這項呼籲獲得的回饋寥寥，幾近於無。但是無需贅言，部長當然是對的。兩千萬個蓋上的鍋蓋，縮短五分鐘烹煮時間，等於每餐飯省下一億分鐘的瓦斯供給，換算下來，等於廚房爐檯連續開火一百九十年不熄滅。只要做到每餐飯蓋鍋蓋就好。

時間無法快轉，只能在能源緩慢轉型的未來和美國快速運作的此刻之間擺動。學校下課到音樂課開始之間有一個小時空檔不知如何是好，我們決定提早吃晚餐。黎巴嫩鎮吃簡餐很像點心時間，或是把早午餐挪到晚上吃的意思。吃潛艇堡（Subway），小孩最開心，戴著乳膠手套的手當著我們的面伸進裝滿洋蔥丁、生菜、鮪魚塊等等餡料的塑膠桶裡，再一一塞進麵包中。潛艇堡被評選為全美最佳連鎖餐廳頗為自豪，其實不過是在食材中加入了酪梨，還有麵包減鹽。並不難，對嗎？給鍋子加蓋，在速食中加入酪梨。我要建立一個詞條：「勿因善小而不為」。

第八個實驗：百分之二十的解決方案。

舉例來說，我買水果的時候，會自動汰除有碰撞小瑕疵的蘋果、形狀不夠完美的梨，還有看起來不那麼鮮嫩的西瓜。為什麼這麼做？**請注意你做的每一個動作**。我們暫停片刻，看看手中這個不夠對稱、我準備淘汰的蘋果，這個蘋果來自紐約州，它在那裡成長，吸足了水分，被採摘下來後裝箱，耗費了一定程度的勞力和燃料運送到這裡來，如果我不買，很可能沒有其他人會買，變成廚餘，要知道這顆蘋果之所以能夠上架，是因為跟它同枝生長的其他蘋果已經被當作廚餘處理掉了。真是要命！我們來超市，來花錢，就要最好的品質。品質不夠好，我們可不要！為什麼？說到底不過是美學問題，蘋果圓或不圓，味道不會因此而改變。偏偏就是不行，我們要完美的蘋果，而且急著占為己有，深怕一不小心就被另外一個顧客**半途劫走**。

或許這就是解決地球問題的方法，解決百分之二十的問題就好。你無法百分之百改變這個世界，但你一定可以改變百分之二十，這個成績並不差。我不會要求你永遠只買有瑕疵的蘋果，但是每十個裡面包括兩個瑕疵品，你我都做得到。

道德式開路。木頭世界裡面的木頭故事。有時間限制的房子。

既然我常常當開路先鋒，索性提供後面的登山客一項特殊服務。我穿著雪鞋在阿帕拉契山徑爬上爬下，把積雪踏結實。上山的人循著我走過的路徑，會看到右腳、左腳紛沓的足跡。我在回程時會盡量踩踏去程沒有經過的地方，好讓山徑雪地緊實度一致。我決定把這件事叫做「道德式開路」，為了後人著想，為了協助他人而走。

有趣的是看到有人刻意走在山徑外側，只是為了展現他腳上那雙用木條和繩子綑綁而成的老式雪鞋，形狀像水滴，鞋印一個卡著一個，彷彿印地安織布上的圖騰。

9 譯註：魯道夫・史坦納（Rudolf Steiner, 1861-1925），奧地利

今天是三月二十五日，氣溫依然維持零下，我**知道**天氣很冷，但到了這個時候我已經不**覺得**冷了。

四處可見寒冬帶來的災害，學院大片圍牆位移，家門口的紅磚炸開，幾個停車場的水泥地面爆裂。休想跟受制於寒冷和水的石頭對抗，你以為你是誰？還是木頭好，濕了可以弄乾。住在翡冷翠南面山上、篤信史坦納哲學[9]的木匠內利跟我說，木頭可以折腰，假裝認輸，之後再恢復原本形狀，就像運動員做柔軟操一樣。艾特納鎮一帶的農莊大多跟蓋農莊的木頭同樣龍鍾老矣，如忒修斯之船持續[10]進行緩慢的修復工程，看起來灰撲撲的，碩大但冰冷，可以遮蔽風雨和下雪。我們所在的郊區住宅密度高，居民平均收入偏高，房屋精雕細琢，有童話造型的塔樓，院子裡還有私人儲物間。黎巴嫩鎮上的房屋就很奇怪，前所未見。我實在找不到更好的詞彙形容，只能稱之為「大房子」？不知道是誰設計的？巨大的木造房屋長三十公尺，高十公尺，最多三至四層樓。面向馬路的主立面努力展現優雅風格，有義大利文藝復興建築師帕拉底歐式的對稱小柱子，每年春天都重新粉刷。房屋朝著緊鄰庭院另一頭的河流縱向發展，毫無秩序可言，占據了每一寸可利用的空間。大房子裡面應

哲學家，創立人智學，摒棄過度朝向唯物主義的發展趨勢，認為世界充滿靈智，影響所及除了華德福教育外，還有生物動力農法。

10編註：忒修斯為傳說中的雅典國王，建造了雅典衛城，並解開了克里特島米諾斯迷宮、戰勝半牛半人彌諾陶洛斯。忒修斯從克里特島航行歸來的船隻被雅典人留下來當作紀念碑，隨著時間過去，木船逐漸腐朽，雅典人便更換新的木頭，最後，船的每根木頭都被換過了。

該隔成了很多間迷你公寓，無時無刻都有住戶進出、打招呼，在院子裡抽菸碰到的時候順便喝兩杯。

在義大利，這樣的房子可能會同樣擠滿住戶，而且我們會把房子轉九十度，弄成七層樓高的華廈。這就是對木頭和對水泥的想像差異。我第一次來美國住在水牛城，住家隔壁一小塊空地上有人在蓋房子。我住進去的時候只看到一個地基方盒子，埋在土裡，露出一點邊緣，其他什麼都沒有。後來一輛卡車載來木頭和橫梁，穿藍色吊帶褲配格子襯衫、頭戴棒球帽的工人在棚子下組裝完一個圓形電鋸後開始施工，十五天之後房子就蓋好了，期間只聽到釘槍噠噠噠的節奏，還有一台搖搖晃晃的小收音機鎮日播送鄉村音樂。

木造房屋一眨眼就能從無到有，壽命很短，不過房屋難道非得屹立數百年才行？房屋可以如蜉蝣，像日本神社那樣。據說日本神社每五十年重建一次，目的是為了保留手工技藝。美國的手工技藝之美多見於廊橋，美國人對待、修復廊橋總是心懷崇敬和愛意。如果河流是神祇，那麼木造橋梁就是祂的神殿。新罕布夏州和佛蒙特州之間有很多廊橋，桁架、用蒸氣壓彎的木片、暗榫，還有長長的廊頂給予過橋的行人庇護，同時也可以延緩木頭老化。有的廊橋漆成豔麗的紅色，襯托出周圍景物一片雪白。

所以蜉蝣不一定象徵破敗。多年前的一個夏天，我前往緬因州芒特迪瑟特島上朝聖，在法國作家瑪格麗特．尤瑟娜（Marguerite Yourcena）[11]鍾愛的海邊，我靠著一塊大石頭畫下眼前的豪豬群島。一名身材瘦小的黑衣男子抱著一根比他還高的木頭從我背後靠近，那是我作畫時常常遇到的場景。畫畫是搭訕的非典型模式，是一種意想不到的社交活動，而我通常只會吸引兩種類型的人，一種人想要指點我畫畫（你看你漏畫了那棵松樹），另一種人則想要利用我在作畫不能走開，趁機對我傾訴他的人生。黑衣男子屬於第二種人，他把木頭放到地上，指給我看木頭上密密麻麻的紋路，是不知道海水沖刷了多少年留下來的，還有裂縫深處依稀可見的鮮艷顏色，他說他如何用那樣的漂流木蓋了一間房子，被大海和潮汐沖上岸的漂流木。他對我描述他的家，彷彿房子就在眼前，室內隔成兩個小房間，其中一間當廚房，露臺面向大海。那間破房子我得一直修，他對我說，那房子會跟我一起死。我以為他會用高深的環保、美學或形而上的理由向我解釋他的決定，讓我目瞪口呆，結果不

11 編註：Marguerite Yourcena，所著歷史小說《哈德良回憶錄》享譽世界文壇。

然，他不想把房子留給長年爭吵不休的孩子，寧願花光所有財產，反正小屋是違建。

好吧，我們當然可以一邊想著如何在自己死後讓別人不好過，一邊撐著一口氣活下去。但這個想法裡不是也能看出某種政治權謀和良好實踐力？我們總想著為未來打拚，是為了留下我們來世間走過一遭不容抹滅的痕跡，其實我們也可以反其道而行：為未來留白，抹去自己的痕跡。不要用物質遺產把未來填滿。今天甚至有人想要在網路上永垂不朽，留下我們曾來過世間的電磁痕跡，然而只要短短數十載，甚至更短時間，就不會再有人好奇。相反的，如果以日本神社和緬因州的流浪漢為例，我們可以計畫蓋幾間鐘錶屋。

柴堆將盡。砍樹燒樹。溫暖的代價。

用海洋送來的漂流木蓋房子？只靠自然掉落地面的果實維生，燃燒廢棄物取暖？樹林算不上大方，但也不吝嗇。這個時節春天初臨，然而早晨基本上仍在零度以下，我之前撿拾的柴薪和十月份砍伐的那批木柴都已經見底。看著所剩不多的堆柴，我心裡想：當初在地下室排列疊放的時候，我以為我會記得每一根木柴的模樣，那時候的我覺得每一根木柴看起來都很親切，而且每一根木柴背後都有一個故事：我的辛勤故事。如今我從地下室的柴堆裡每拿取一根柴薪，眼睛看見的就只是燃料，我的私人「油槽」快要耗盡了。

我們發現這件事的時候，跟前房東提姆起了單方面爭執。事情是這樣的。我之前已經傳簡訊跟他說過這件事，簡訊中的技術用語洩漏了我對測量精準度的執著。其實測量應該是提姆這位地球物理學家的專業。因為要檢控儲油槽的餘油量，在徵得他的同意之後寄了一張保全監視器的照片給他，並且寫了一封很長的郵件，對剩餘燃料做了精準估算。好吧，為了把事情說清楚，我得解釋一下。我們這位提姆不是普通人，他看似個性隨和，不修邊幅，一把紅鬍子未曾打理，臉上掛著完全不具殺傷力的微笑，不管什麼氣溫腳上都只有一雙涼鞋，骨子裡卻跟發現南方古猿露西（一九七四年發現的古猿骨骸，直至一九九二年找到更完整的人科動物骨架之前，被視為人類最早祖先）、幫她確認年齡的那群學者是同一類人。

檢測出一幅古代骨骸的年齡是三百二十萬年，自然得費一番工夫，因此我們原諒了藍頂之家房東所犯的錯誤。他之前提供的耗損參考數據有一項錯誤，他說整個冬天只需要花一千美元，實際上是一千加侖的燃料，而一加侖是四美元，的確有爭議。於是我們來回寫信討論，得到一半補償，讓暖爐可以再撐一個月：他請比爾來幫我們砍了一株歐洲白臘樹。歐洲白臘易燃，因為樹液本身就具有可燃性，不會附著在排煙管裡。歐洲白臘樹，英文名是 ash tree，灰燼之樹，能快速化為灰燼。比爾憑藉著他跟房東的老交情，給他自己也砍了兩株樹。那幾株樹都筆直瘦長，好看極了。呻吟一聲便直直倒地。

分給我們家的那一株高二十公尺，樹皮凹凸不平，但是紋路很整齊。我數了數年輪，比鑑定露西的年齡容易，如果我沒數錯，這株樹八十歲。也就是說它在這片樹林裡矗立了將近一個世紀，因為某個能源消耗過多的房客提出異議，轉眼間它就進了暖爐。我們的內心煎熬難以言喻，只能捱過去。（之前，我們住在歐洲的時候，因為一株高聳紅衫太過歪斜，對住家造成威脅不得不砍倒。前一晚我徹夜難眠，後來決定把砍伐下來的部分樹幹送去鋸木廠，做成橫梁和木板，現在仍在乾燥處理，算是象徵性復原，等待將來有一天派上用場。）

這堂課發人深省。你砍了一株樹，覺得難受，這是對的，等於親身體驗了你消耗能源需要付出什麼成本。唯有如此，你才明白營造生活風格需要很多燃料，這是你打電話叫人來把「油槽」加滿時體會不到的，而且這通電話背後還有很多我們看不到的事：

－製造油槽車

－安裝輸油管

－在公海上鑽油井

—探勘油田

—檯面下的國家資金運作

—為了保護這個產業鏈，軍隊和戰火無處不在

值得我們深思的是：為什麼砍一株樹會讓人難過，而大老遠把石油運送過來，短短一年就耗盡一百萬年累積儲備下來的燃料，卻不會難過。

砍伐這些樹木並不足以讓所有人取暖。地球上有五千億株樹，全人類平均每個人可以分配到少於一百株樹。如果省一點用，一株樹可以讓木柴氣密爐燒一個月。如果一年使用暖爐四個月，二十五年就會把所有木柴儲備量用完。有些樹林可以再生，有些則否。

比爾把樹幹裁成一段一段，每一段四十公分，然後他把斧頭借給我。我花了一個下午劈柴，部分堆放在車庫裡，部分搬去地下室，排成高約一公尺的長方體。眼看柴薪持續消耗，我又開始在樹林裡尋找木柴，首先鎖定的是之前沒留意的白臘樹。花一個小時可以裝滿一台手推車，凡是直徑超過四公分的枝椏一律砍下來，其他的

則放在一邊，我女兒就搬得動。不過不急，我不會棄而不用，就像小木偶，肚子餓的時候，蘋果核也照樣吃下去。

地上仍有殘雪。我抬頭發現了新燃料。有些年輕的樹枯死了，這些小樹身形細長，木質堅硬，傾倚在旁邊的大樹上，所以沒有倒下來。我不費什麼力氣就把那些小樹拉開，拖到籃球場，架在手推車上直接劈砍，一隻手拿斧頭，另一隻手固定樹幹，腳負責踩住枝椏。義大利藝術家布魯諾．慕納里（Bruno Munari）常分享他的某次日本行，他以一貫的純真口吻說他發現日本木匠穿一種分趾襪，利用大腳趾固定要鋸的木頭。或許我也該穿分趾襪，好讓動作更靈活，可惜氣溫不容許我這麼做。我一邊鋸一邊數，給自己訂下一個目標，細小樹枝鋸二十下，粗大樹枝鋸八十下。每次鋸到最後，手的動作就越來越輕，節奏也越來越快，讓我有餘力處理最後切口。我喜歡切口很乾淨，沒有毛刺。乾燥後的白臘樹密度很高、很硬，我把劈好的柴從手推車倒出來堆疊的時候，會發出銀鈴般的清脆聲響，彷彿水珠滴落的聲音。

一台手推車的木柴可以燒三至四天，現在暖爐只需保持文火。有時候我早晨起床，發現爐火若有似無，但爐膛是熱的，而且它似乎很滿意那樣的溫度。

鴨子得救。火雞落敗。

四月一日。白天溫度攝氏十度，我出門只穿一件輕薄的連帽T恤。我的身體確實已經適應寒冷，這樣穿，我隱約覺得有點熱。那些穿著短褲、T恤走來走去的學生肯定覺得熱。我剛才說了，攝氏十度，穿短褲搭T恤，顯然不光是適應良好而已。這些學生各人忙各人的事，並不是在運動。或許是展現胴體、裸露肌肉的時機到了，被壓抑封存了整整五個月，漫漫冬夜裡不見天日。

黎巴嫩鎮上有一群鴨子（我跟牠們很熟，牠們選在小木屋後面做窩）意識到過馬路的時間到了。牠們慢吞吞地踏著碎步，大隻的走在前面，小隻的跟在後面。我之所以會知道牠們在過馬路，是因為對向來車突然間全都靜止不動，我們這個方向的車子自然也跟著排起長龍。我發現這個儀式每天都會來一遍，沒有人催促。汽車駕駛乖乖地等候鴨子通行，不管牠們要花多少時間才能走到對面的人行道。

野火雞重現蹤跡。牠們通常三、四隻組成一個小隊（小隊？還是應該說大隊？

感覺上**火雞大隊昂首闊步**聽起來比較好？）。貝雅說她看到一隻全白的野火雞，像顯靈一樣突然出現在她眼前。那隻火雞憂心忡忡環顧四周，雪正在融化，牠的偽裝優勢轉眼就會消失，而且狐狸蠢蠢欲動，牠都知道。

我們也知道。艾特納鎮上有一隻獨來獨往的野火雞，第一個發現牠的人是特蕾莎，我們在雜貨店附近也遇到過幾次。我忍不住想，牠可能是我接下來要說的悲傷故事中的主角：一天早晨我看向窗外，一隻很像狗的動物在雪地上輕盈奔跑。那是誰？不是狗，是狐狸，牠的尾巴跟身軀一樣長，不可能認錯。這隻狐狸就在我們家門外數公尺處，我把牠拍了下來。牠站住不動，隨後開始在一個動物殘骸上蹦蹦跳跳，（立刻引發貝雅的不安，擔憂獵物可能是鄰居家的小狗，這是典型只剩半杯水的心態吧？）狐狸大動作彈跳驚動了一隻飛禽，可能是烏鴉，或是貓頭鷹。小黑揚起頭，牠嗅聞到野獸的味道，在家裡對著外面汪汪大叫。狐狸警覺抬頭，往周圍看了一眼之後隨即溜走。我們到達犯罪現場，發現剛才被踐踏的是火雞屍首，剩下一片胸骨、一截腳爪和一段翅膀，羽毛散落一地，血滴彷彿掉在雪地上的寶石。看來狐狸是當場擊殺火雞之後，再分次偷偷將撕開的戰利品帶回幼崽巢穴。我們去散步，

回來時現場已經淨空。

我觀察到原本被積雪壓彎的歐洲白樺有越來越挺拔的趨勢，還有幾株形同弩炮蓄勢待發：當白雪開始減輕負荷，白樺樹逐漸找回力量，只要擺脫水平積壓的小團雪塊，便能瞬間重獲自由。我設下了解凍機關。我這個人雖然積極熱心，但我選擇用松針和塑膠片解救被灰色泥濘覆蓋的下水道人孔蓋。這個機關結構無懈可擊，等乾了之後一勞永逸，可以快速恢復完美的地理侵蝕作用，讓滴水匯集成小溪流。這些看似微不足道的現象如果放大比例，可以成就大峽谷。

這次美國長期居留即將步入尾聲，我意識到我在這裡是個不折不扣的觀察者，呈現一種觀點。我不介入，不參與。我們的經驗有點像是梭羅經驗的復刻，不過是《湖濱散記》light 版，沒有《湖濱散記》那麼多愁善感。

氣味大解放。回到秋天。

告別凜冬！泥濘季節來臨。水尋找出口，但是找不到，因為下水道人孔蓋塞住了。解凍滴水聲不絕於耳，來自樹梢、屋簷和車頂。嚴寒結束可不是隨便什麼事件結束那麼簡單。

被來回踩踏的白雪裡面堆積了不知道多少人吐的口水，掩蓋了多少垃圾，還用白色的雪繭將狗糞包覆保護起來，長達數個月之久。現在算總帳的時間到了，這個過程不會太愉快。被冬季冰封的氣味瞬間釋放，有啤酒喝多後的隨地便溺、引擎機油、萵苣菜葉和貓餅乾。寒冷讓人有一種大地潔淨無瑕的錯覺，但畢竟是錯覺。突然間漢諾瓦鎮整個城鎮中心瀰漫的惡臭，跟盛夏時節飄散在曼哈頓的氣味不分軒輊。在紐約曼哈頓，臭味隱隱約約，不至於造成妨礙，等習慣之後就能勉為其難忍受。但是在這裡，那臭味是具象的，近距離迎面撲來，打破白色純淨，鑽進鼻子裡就再也不出來。這是屬於嗅覺的季節。

現在算總帳的時間到了，
這個過程不會太愉快。

我們家這一帶也面臨考驗。我們之前以為只要把桌布拿到門外抖乾淨，把暖爐裡的灰燼撒到水溝裡，讓小黑到門外解放但不走遠（可怕的浣熊伺機而動！）就可以解決問題。我們以為慈悲的白雪能遮掩一切。白雪的確覆蓋了一切，但也保留了一切，那是把急促呼吸、惡臭氣味儲存起來的時空膠囊。然後，慢慢地，笑裡藏刀地，將一切釋放出來，而且頗有經過分批壓縮後驟然釋放的效果：把一次又一次下雪之間儲存起來的所有氣味，轉化成一張腐爛的篩網鋪天蓋地而來。所以義大利文藝復興建築學者萊昂・巴蒂斯塔・阿伯提（Leon Battista Alberti）用透視將圖縮小的概念，也適用於氣味。

跟氣味一樣有劇烈變化的，是視覺。我們差不多有四個半月沒見過草地了吧？雪融化得很快，**讓我們猛然退回到秋天**。樹林裡遍地落葉，還來不及腐爛分解。新草尚未冒出頭來，我們只能將就著欣賞老舊、枯黃、髒兮兮的草地。

冰雪解凍的聲音如銀鈴般清脆，像是捷克作曲家貝多伊齊・史麥塔納（Bed ich Smetana）譜出的〈伏爾塔瓦河〉樂章，成千上百條溪流匯集，奔流入河，將河岸和橋梁都沖走。我們之前沒發現，也或許是我們忘了，其實有一條小溪流經房東的土地上，因為解凍的緣故，提醒我們它的存在。這個冬天我沿著這條小溪走過，散步時也在不同地方跟它交會，踏過便橋渡河，現在我才知道原來那些便橋同屬於一條溪流。我們家車道入口也有一座小橋，跟厄內斯特和萊伊拉夫婦共用。冬天貌似小溪的這條河道如今溪水暴漲，令人擔憂。我們四個人一起束手無策看著湍急水流拍打小橋欄杆，就快要撲上岸來。等第二天水位略降，橋面上出現了一個洞，大小可以容納一個小孩穿過。橋下水位依然很高，絲毫不受影響繼續奔流。我們用一塊膠合板把那個洞蓋住，等比爾來想辦法。其實我們不知道比爾會不會來，因為不清楚前房東是否把他和房子一起移交給了新房東。

最新消息：那隻紅松鼠現在**住在我們家**。有一天我發現牠在窗外，趴在從屋頂掉落的最後一塊冰上往室內看（那天是四月十日）。我比手勢讓貝雅開門放小黑出去，牠很可能知道自己被交付了怎樣的任務。不過紅松鼠一感覺到有狗出現，蹦跳兩三下就鑽進一樓浴室下方的一個圓洞裡！所以我們之前以為小黑聞到老鼠出沒，是我們弄錯了動物。現在怎麼辦？我們懷疑牠躲在烘衣機排氣管裡，那裡雖然有點潮濕，但是溫暖舒適。我只是不希望牠被蒸氣煮熟。

我們在朵格米爾路上慢跑活動筋骨，意外發現那裡是乾的。貝雅跟我跑步很沒耐心，因為我一直停下來拍照，東看西看。其實是因為我耐力沒她好，不得不停下來喘口氣，而且這段路有不少上下坡。朝著太陽方向前進的時候，我發現在道路旁的白色平原上真有一個湖泊，大小正好足以讓人避難脫險。我們倒是從沒想過要去那個引人入勝的湖泊一探究竟，只是在胡思亂想如果遇到熊該如何逃命的時候，總得考慮一下所有可能。

泥巴也有尊嚴。為下一個寒冬做準備。

我之前說過，緩慢解凍中的土壤不吸水，而且土壤表面腫脹，像走在床墊上的感覺。出乎大家意料之外的是，泥濘季節沒持續多久，只能說我們體驗了一個短暫的泥濘期，而且由於合約關係我們必須棄它而去。沒有任何捨不得。我們在歐洲已經習慣了楓丹白露樹林，每個星期天去那裡散步，砂質土壤完全不會積水。就連一個小水窪都沒有。在這裡，鞋底很容易沾上頑強難清理的黏土，喪失抓地力，害人滑倒。如果開車走有大彎道的無鋪面下坡路，就跟坐雪橇一樣。

每株樹幹底部都有一個完美的灰色泥水圈，是沿著樹皮流下來的積水。彷彿從天而降的一支箭，箭頭附有吸盤，牢牢吸住地面拔不起來。隨著冰雪解凍，我發現周圍景觀持續快速改變。冬季讓我們習慣了慢，春季則徹底打破這個習慣。不用等太久，我們就只能在心中緬懷白雪。因為鏟雪積累的一望無際連綿雪堆也只剩下髒兮兮的黑色殘雪，應該會撐一陣子，但最後依然消失無蹤。接下來輪到我們離開，明年也不會再見。我再度打開梭羅的書。梭羅讓我們從未想過的事物都享有尊嚴，例如池塘的結冰表面融化。他的字裡行間充滿道德感，一切都有其價值，每一個地點，每一根折斷的樹枝都不例外。關懷是責任，沒有關懷，就無法贏得尊嚴，也無法捍衛尊嚴。

六月來臨。明天冬天我不在這裡，但是有一個聲音責令我必須從現在開始為寒

冬做準備。我劈了一些木柴，等朋友麥可跟他兒子來搬，反正我們用不著。我沒有占便宜，那是房東為彌補加侖－美元之誤，請比爾幫我們砍伐後沒用完的林木。幾個月前我在樹林裡離家不遠的地方發現兩株倒下來的樹，這時候想去拖回來，卻因為蕨類長得太高再也找不著。這就是樹林的法則，冬天明亮，夏天昏暗。完全不容鬆懈，片刻都不行。季節變換不停歇。

我劈了兩個小時的白臘樹，手指沾染了木頭氣味，略帶麝香味，沁人心脾。跟剛把木柴放進暖爐裡的味道一樣。現在我們只在早晨用暖爐，晚上偶一為之。那個味道黏在皮膚上，即便我用香皂洗手也洗不掉。我真心希望這個味道能留存數日、數個月，最好能保留到下一季。

頗有哲學況味的交通違規罰單。

深夜從紐約州格倫斯福爾斯市開車回來，我知道我最好停車休息十分鐘。從中途站拉特蘭市出發，還需要一個小時才到家。亞諾琪已經在後座睡了好一會兒，我在一處加油站停好車，鎖了門，把椅子放倒，車窗留了一點空隙好讓我們可以呼吸（還有關在籠子裡的小黑）。

醒來之後我開著安靜無聲的混合動力車重新回到高速公路，在路肩上慢慢前進，準備轉入車道。後方突然有警笛聲響起，車燈閃了兩下，大燈對準我們，然後有人用擴音器開始喊話。我心想，我猜想，有可能是對我喊話，還沒回神的我也說不清為什麼不立刻踩煞車。看我猶豫不決，擴音器傳來的聲音更兇了：「靠邊停車」。我停車，亞諾琪醒了，很擔心，不，是很緊張。我按下車窗，回答警察問話的時候雙手老老實實放在方向盤上。原來我沒開大燈。我解釋說我剛才停車休息了一下，對話很輕鬆，也很緊繃，我難免擔心是不是美國禁止載小孩跟狗上路，我沒

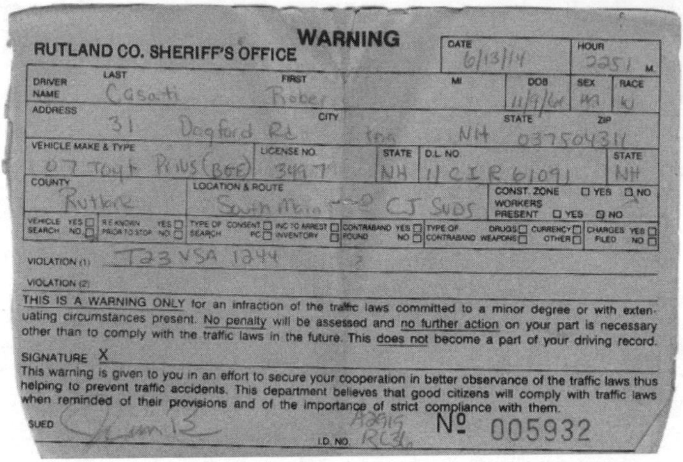

RUTLAND CO. SHERIFF'S OFFICE WARNING

DATE 6/13/14　HOUR 2251 M.

DRIVER NAME　LAST Casatti　FIRST Rober　MI　DOB 11/9/64　SEX M　RACE W

ADDRESS 31 Dogford Rd　CITY　STATE NH　ZIP 037504311

VEHICLE MAKE & TYPE 07 Toyt Prius (BGE)　LICENSE NO. 3497　STATE NH　D.L. NO. 11CIR61091　STATE NH

COUNTY Rutland　LOCATION & ROUTE South Main → CJ SUDS　CONST. ZONE ☐ YES ☐ NO　WORKERS PRESENT ☐ YES ☐ NO

VEHICLE SEARCH YES ☐ NO ☐　RE KNOWN PRIOR TO STOP YES ☐ NO ☐　TYPE OF SEARCH CONSENT ☐ PC ☐　INC TO ARREST ☐ INVENTORY ☐　CONTRABAND FOUND YES ☐ NO ☐　TYPE OF CONTRABAND DRUGS ☐ WEAPONS ☐ CURRENCY ☐ OTHER ☐　CHARGES FILED YES ☐ NO ☐

VIOLATION (1) T23 VSA 1244

VIOLATION (2)

THIS IS A WARNING ONLY for an infraction of the traffic laws committed to a minor degree or with extenuating circumstances present. No penalty will be assessed and no further action on your part is necessary other than to comply with the traffic laws in the future. This does not become a part of your driving record.

SIGNATURE X

This warning is given to you in an effort to secure your cooperation in better observance of the traffic laws thus helping to prevent traffic accidents. This department believes that good citizens will comply with traffic laws when reminded of their provisions and of the importance of strict compliance with them.

SUED　I.D. NO. A2915 RC36　№ 005932

帶亞諾琪的護照，小黑的身分證明文件也沒帶。我本來得付鉅額罰單，警察這麼跟我說，但是他決定開一張警告單。那張警告單今天還放在我的皮夾裡，皺巴巴的，不過還能看見上面寫什麼：**本機關認為只要提醒用路人道路交通安全規則的內容，以及遵守規則的必要性，守法市民便會遵守交通規則。**

這幾句話莊嚴肅穆，蘊含深意。開罰單，堪比起草獨立宣言。

巴哈馬拉松。信箱的法則。新英格蘭其實位於歐洲（從地理學角度思考）。

四月十一日。我陪女兒去參加在新教教會舉行的馬拉松音樂節。活動內容是演奏一整天的巴哈，只有巴哈，全都是巴哈，歡迎大家想來就來，想走便走，別忘了帶一個樂器，什麼程度都無妨，每個人都會得到聆聽和掌聲。音樂節的兩位主辦人如果在歐洲恐怕會被當作穿拖鞋閒晃、蓬頭垢面的退休老太太，不值得尊重，更不會有人跟她們說話。但她們顯然是非常敏銳的音樂家，一看到妮妮把小提琴放到肩膀上，就讓她加入舞台上的管弦樂團，「如果看譜沒辦法全懂沒關係，盡妳所能跟著走就好」。令人驚訝的是音樂一下，居然是《布蘭登堡協奏曲》其中一首的第一樂章。妮妮焦慮地看著我，或許她在假裝拉琴，但是有些段落她似乎真的跟上了，一個比較厲害的女孩偶而會用琴弓指樂譜符號給她看。誠如美國物理學家理查・費曼（Richard Feynman）所言：後來我不再做選擇，直接動手做。

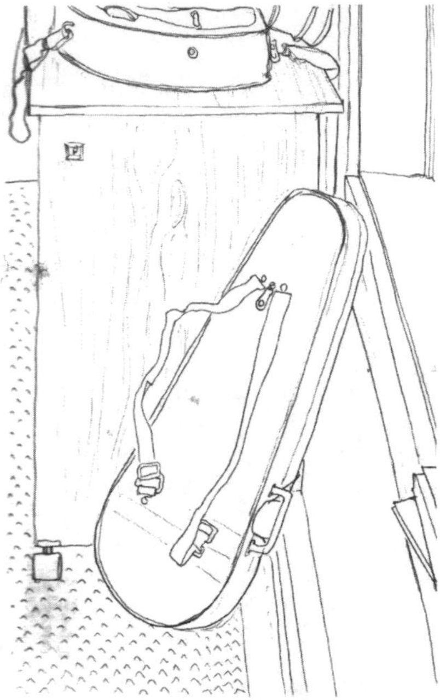

一位表現出色的老太太是音樂中心學員，她看著小管風琴琴譜演奏鋼琴，我上前跟她握手致意，還把琴譜拍了下來，二話不說立刻訂購。收到琴譜的那一天，我彷彿又看到穿著勃肯鞋的她輕觸鋼琴踏板的畫面。

這裡的信箱（這附近只有我們家的信箱是黃色的，其他信箱不是綠色，就是黑色。信箱外有一面會寫名字，但未必都寫門牌號碼）都需要一根桿子高高撐起，這個支架讓郵差可以：

—在積雪很高的情況下，也能開著郵務車靠近信箱

—輕鬆地打開信箱

—快速放入郵件，不需要長時間暴露在戶外

—安全上路。

信箱支架通常是三角結構，撐起上面的十字平台，其中橫向支臂往道路方向延伸。這種信箱常對自行車手造成威脅，一個不小心，或是側身幅度過大，就有可能被割傷、被砍腦袋，或被重擊。有非常明確的規定要求，信箱前方空地在冬季必須保持乾淨，要用特定方式清掃，跟笛卡兒一樣嚴謹精確的郵差才能執行上面表列的動作，否則他只能看著辦。時間久了，我女兒探身到車窗外拿取郵件的操作純熟度已臻完美。比停車、打開信箱再上車簡單多了。既然郵政系統設計了這個信箱高度，我們為什麼不善加利用？

有一條鐵道與康乃狄克河平行，每天有兩班貨運列車經過，長長的蒸氣火車鳴笛時讓人彷彿回到上個世紀。河水湍急，匆匆向前奔流。只有我會在橋上停車觀看，或許橋上禁止暫停的緣故，車流始終不息，它們是不折不扣這個世紀的產物。我無藥可救地對圓拱橋下方開始剝落的大塊冰片很著迷，一片片看起來像停泊的駁船。可以坐在上面，讓它載我漂向河谷、漂向大海嗎？我會被載到哪裡去？我發現我對這條河道幾乎一無所知。

探索未知的欲望不就是這麼被觸發的嗎？我們看到一條河流，即便河面很寬，河水或許湍急，會產生跨越它的念頭。站在頂峰丘上，貝特指著康乃狄克河另一邊的佛蒙特州對我說，你如果把這裡發生的事件放在歷史長流裡看，不得不承認新罕布夏州實為古老歐洲的一部分。康乃狄克河河道是歐洲大陸板塊與北美大陸板塊相撞後產生的接合線，應該是值得一看的有趣事件，我說的不是虛擬縮時攝影或把大陸板塊畫成跟木筏一樣在海洋上隨意漂流的動畫。我想到的是一隻歐洲特有的動物（犰狳？青蛙？我不知道，我瞎掰的，但是類似的事情肯定發生過）突然間發現自己跟美洲大陸板塊僅有一步之遙，真的只差一步，牠環顧四周，吸一口氣，挺起胸膛，跨過了那個交界點，此舉魯莽冒失，更像是對友人下戰帖：**欸，我出發了**。發現美洲大陸是美好的日不落神話，沒有任何博物學、遺傳學或流行病學的實證，也沒有找到任何跡象或歷史文獻可供查證，只有千百種冒險犯難故事流傳。美洲，對我們地球人而言，就像是行星裡的行星，始終遙遠，始終陌生，始終是處女地，有待我們持續發掘，並夢想著持續發掘。

我在特雷斯克特鎮的阿帕拉契山徑入口處遇到幾個背著登山包和睡袋的年輕人，他們躺在柏油路面上，雖然疲倦不堪，卻很歡樂。如今雪融了，登山客開始反向移動，從北而南，從緬因州往喬治亞州走。路邊冒出幾朵野生蘭花，延齡草開出極美的花，那是生長在北美的一種三瓣百合目植物。特蕾莎跟我們說蕨類的嫩芽可以吃，更叫人意外的是這裡超市也在賣，但是時間非常短。

「碉堡」之家。對環境無害的木頭圖騰。

六月六日中午，我們重新穿上毛衣。兩天前我們去傑西餐廳吃晚餐，那個地方被我們當神話膜拜了一整年，以為是一個難以奢望的高檔餐廳，後來發現其實是廣受家庭喜愛的用餐地點（如果選擇在戶外用餐，還可以帶小黑去）。等待上菜的時候，我們認真研究了以碉堡為主體的餐廳建築。回家途中看到一隻體型碩大的黑狗在我們面前橫越馬路，邊跑邊跳消失在樹林裡。不可能有這麼大隻的狗，而且狗跑跳的時候前後腳不可能是那樣。那是一頭熊！我們終於看到熊了！停車之後我們全部衝出去找牠，但是熊早已不見蹤影。我得說現在我在樹林裡散步，已經不再害怕遇到熊。剛開始的確把我嚇壞了，現在反而有一種無意識、或許不大妥當的期待心情。

移居萊姆鎮北邊的波士頓友人IB帶我去看他的「原木小屋」（Log cabin），用樹幹原木興建，也是碉堡形式。這個專有名詞沒有翻譯成義大利文，因為義大利不會用木頭蓋碉堡，除非是在阿爾卑斯山上，因為太過簡陋。也或許是因為怕失火？很可惜，因為義大利的問題是地震，不是失火，木頭比較輕，有彈性，又堅固，可以一次解決很多問題。有人跟我說百分之九十的美國房屋都是木造的，我沒有理由懷疑，但是純正的原木小屋在此處並不多見。它實際上就是住家，由建築師設計，室內空間舒適、安排得宜。原木小屋最讓我驚奇的是外牆和內牆都是同一批樹幹，也就是說沒有用水泥砂漿，沒有粉刷或石膏板，沒有填補縫隙的玻璃棉，只有半加工過的樹幹。這樣夏天不會熱，冬天不會冷嗎？完全不會，IB說，沒有任何材質比二十公分厚的木頭的隔離效果更好。原木小屋的優點在於建造過程十分簡單，木頭裁切全用電腦計算，樹幹上粗下細，方便做榫接，所有樹幹運來的時候都做了編號，像組裝樂高玩具一樣，只要兩天，房子就蓋好了。

木材含碳，如果保存良好，可以維持數百年。日本人說維護木造房屋只要保持腳乾燥，還有一頂好帽子就夠。我得想一想。我在蒙特夏科學博物館（Montshire Museum）一場研討會後，跟專攻環境研究的安德魯．弗里德蘭教授（Andrew Friedland）聊了很久：如果非得燃燒什麼來製造能源的話，寧願燒木頭，也不要燒石油。因為木頭含碳，燃燒的時候會把它短暫一生中吸收的碳還給大氣層，或是在樹枯死、分解後，碳都會回歸大地。

重要的是復育造林。如果去海德堡，在搭纜車上山後，會看到一段十公尺長的梁木，上面有二十五平方公分大小的文字，內容是：

這是海德堡樹林
在十五分鐘內
能長出的林木數量

我跟設計師戈佛雷多．普切提在朵格米爾路上散步，遙想未來城市的樣貌（不是車子滿天飛的未來主義風格城市）：市政府開闢幾處植樹造林區，每十五分鐘砍下跟海德堡那段梁木一樣長的木頭，一半拿去燃燒取暖，另一半留起來。留在哪裡？家具工廠？我們的想法是在戶外建造幾個高聳的木頭圖騰。屬於公共性質的圖騰，可以跟艾菲爾鐵塔比高，讓不同城市競賽，看誰能做出最大、最美的木頭圖騰。當然也可以有私人的木頭圖騰，例如復活島上那幾尊雕像。今天有人愛比誰的車最炫，誰家的游泳池最長，明天就可以展示你的木頭圖騰，跟鄰居隔著院子籬笆聊天，你看看我用掉了多少大氣層裡的碳。還可以在國宅、摩天大樓和郊區公寓頂樓也都擺上木頭圖騰，連結大地與天空。

跟雪一樣可以抹去所有痕跡的野草。老鼠和其他動物。院子裡的熊。

春天結束，夏天來臨。這個夏天跟之前每個夏天一樣燦爛又古老。我們在這裡還有最後幾天時間，八月底來，六月底走，把四季中的「皇后」拆成了兩階段。專屬於夏季的動物出現了。在朵格米爾路上開車的我不得不踩下煞車，因為有一隻烏龜停在馬路正中央。我沒見過這麼大隻的烏龜，該怎麼把牠移開，挪到安全的地方呢？我才剛碰到牠，牠就情緒激動連忙爬走，還試圖咬我。沒想到烏龜的動作也可以如此敏捷快速。

這一帶的樹林裡有不同石砌矮牆穿過，跟我從書房玻璃窗望出去的那道石牆一樣，我曾用拂曉晨光路徑挪移勾勒它的輪廓。這些矮牆說明樹林以前應該是農田，不知道那些可憐的傢伙能在這裡種出什麼來，因此今天的我老是被石頭和花崗岩片絆倒。可以想像要把這些東西運來築牆有多辛苦，矮牆有一公尺高，結構緊密。同樣可以想像的還有當他們知道自己做的事實是杯水車薪，該有多沮喪，留在草地上的石頭遠比他們搬走的多，這些亙古不滅的石頭，也遠比曇花一現的南瓜和馬鈴薯多。

從住家通往阿帕拉契山徑有一條捷徑，下雪的時候走，總覺得永遠走不到盡頭。那條小路並不明顯，是我們日復一日走過才讓它越來越完美。但是如今它被野草覆蓋，我們以為的永恆不過是幻影。有人認為雪能抹去一切痕跡，我得說，野草一點也不遜色，或許有過之無不及。樹林入口的那塊大岩石不見了，我連往哪個方向找都毫無頭緒，遑論把它找出來。冬季遮掩、守護的東西，夏季全揭露，反之亦然。

每當我聽到家裡有人大喊我的名字，我總有不祥預感：有人被開水燙傷，或昏倒撞到腦袋，或關門夾到手指頭，或傷口太深大量出血。我讓自己冷靜，整理心情，同時慢慢移動，煽動鼻翼，設想各種解決辦法，汽車鑰匙在哪裡，止血帶在哪裡。如果同時出現三個聲音叫我，那麼等著我的不是蜘蛛，就是老鼠。今天是老鼠，是住在堆放木柴的車庫裡、了無生趣的那隻老鼠。有一次我們在寒夜裡開車回家看到牠，亮晃晃的車燈讓牠呆立原地楞了一下。這隻老鼠始終堅守那堆柴薪，牠的家園一天比一天小。今天有人經過牠身旁，牠為了閃躲奮不顧身一跳，掉進了一個塑膠桶裡。**老鼠，爸，羅貝托，老鼠，有老鼠，在那裡，你看，快抓起來，爸，老鼠老鼠老鼠**。這隻老鼠最長不過五公分，並不嚇人。我們看著牠在塑膠桶裡亂竄看了兩分鐘，牠走兩步往上跳，徒勞無功地在桶壁上抓兩下之後掉下去。等牠喘過氣來，便開始啃咬不知道怎麼跟牠一起出現在桶子裡的一條紅色鞋帶。我雙臂交叉在胸前，氣定神閒地宣布，我不打算插手。妮妮戴上廚房用隔熱手套，鮮黃色的大手拎起塑膠桶，老鼠在裡面被晃得神經緊張，撞來撞去。等牠在樹林裡重獲自由，立刻鑽進樹葉下躲起來。

新房東讓貨運公司送來紙管，說放在灌木叢和溝渠裡，可以用浸溼的棉布團吸引老鼠，讓牠們帶回鼠窩對抗壁蝨。

除草後留下短短草皮的好處是比較不需要因寄生蟲而焦慮。我們到院子裡看星星，躺在草皮上用雷射筆把星星一個一個找出來，綠色的雷射光直達蒼穹無盡之處。林木高聳，我們只能看見屋頂和枝椏間那一小塊天空，只比樹叢顏色略淺，是兩塊顏色均勻的背景布。突然間黑漆漆的樹林裡也出現了十多顆小星星，原來是螢火蟲。

趁著早晨涼爽，我慢跑一個小時，連一輛車都沒遇到。我很想解開小黑的牽繩，我說過，牠基本上都在側邊讓我拉著跑，可是如果不帶牽繩牠會落在後面，磨磨蹭蹭，假裝沒聽見我叫牠。因為牠是法國狗，所以我得說 ici（這裡），意思是叫牠過來，但是這個命令無法阻止牠亂來，包括在泥漿中打滾，或吃腐爛的小鳥屍體。所以我還得為了這個吼牠，而認識我的義大利人聽我說 ici，以為是義大利文的 sì（是、好、對），覺得我很莫名其妙。小黑，ici、no、sí、no、sí、no（過來、不行、好、不行、可以、不行），你到底想要那個可憐的小傢伙怎樣。

為了回應汽車駕駛的禮讓，我跑步的時候總是用牽繩拉住小黑。汽車駕駛只要看到有人在路上行走，就會二話不說開到對向車道（自然是在對向車道沒有人的情況下）。如果看到有人牽著狗走在路上，會先停下來，然後改以人行速度前進。所以帶狗散步不牽狗繩，是非常不禮貌的事。

昨天有熊經過我家院子外面，就在小山那裡，距離院子不到三十公尺。我們當時在室外吃晚餐，聽到一個奇怪的聲音。牠從畫面左邊進來，從右邊出去，完全無視於我們的存在。很可能是母熊，體型不大，圓滾滾的。彷彿顯靈，我們日後回想起這一幕，會以為在作夢。

六月二十三日清晨。我又牽著小黑出門跑步。朵格米爾路旁平原上的湖泊有青蛙（或是鵝？）發出硬紙板小吉他的聲音：**嘭咿**、**嘭咿**。我標註這則手機錄音的日期，是這個月第十九次錄音。你想錄什麼都可以，只要跟大自然有關，跟著時間走，離開家，上街去。你聆聽。你觀看。第一道陽光乍現，人工湖上薄霧升起。一縷縷蒸氣快速揚起，隨著第一道微風吹向我和小黑。這個鬼魅軍團從湖面浮起。**你往哪裡逃，旅人？別浪費力氣，陪我們留下來吧。別走了。**他們伸出無力的手試圖抓住我們。你若住在樹林裡，童話故事是現成的，肉眼隨時可見。小黑全身狗毛豎立，夾著尾巴跑了。

我們心裡有數，再過幾天就要離開這裡。我提議玩一個遊戲，紓解大家心中難過：當作有人請我們來新罕布夏州住一個星期，就會很快樂，是吧？這是杯子裡水半滿的思維模式！

誰擔心氣候變遷？

隨著地球暖化問題而來的政治風險很敏感，也很醜陋。住在富裕國家（如北美和北歐）的人，不會因為溫度升高四度讓挪威峽灣變成地中海氣候而感到不悅，這四度可以讓他們全面發展觀光業，甚至擴及周邊區域。隔離做得不夠好的房子也可以在使用暖氣時減少石油消耗，讓我們開著耗油量大的汽車上路時少一點內疚感，砍樹劈柴放進暖爐裡的時候不再自責。我可以想見春天提早降臨巴黎、波士頓和聖彼得堡的冬天變得氣候宜人，能讓多少人發自內心微笑。關鍵不在於某些人因為天氣不那麼寒冷而感到開心，關鍵在於這些人手中掌控股市，可以為其他人呼風喚雨。心不在焉和疏忽大意都會讓寒冷從地球消失。

因為寒冷真的有可能從地球消失。間冰期可能永遠不會結束。我們可以不斷製造冰箱，把已經絕跡的仿古小雪人放在裡面。可以製造大型冰庫，跟杜拜的室內滑雪場一樣大，水泥牆面厚一公尺，一個月就能降至所需溫度，石油彷彿不要錢似地供給強大的冷氣機，分毫不差維持積雪量穩定不變。我們可以在裡面玩雪球，滑雪橇，跟我父母小時候一樣用桶子裝水潑到石板路上等待第二天路面結冰，還可以堆雪人，雕刻還願用的石蠟小雕像。但冰箱畢竟是冰箱，是會發熱的機器，冰箱製造的冷既不穩定又短命，把一處的熱轉到另一處，這個過程需要消耗能源，讓另一處更熱。人工保冷袋越來越小，越來越貴，越來越難製造。你若不用石油取暖，就會用石油來冷卻，無解循環。

回頭說我們吧。六月十二日，車道第一株樹上釘了一個牌子，公告接下來會有工程進行。我們離開的第二天會有工人進駐，穿著藍色吊帶褲和格子襯衫的工蟻會清空書房，打掉幾面牆，在這裡和那裡砌牆，重新粉刷屋頂，小收音機和輕快的釘槍聲再度登場，總之，很快會有一間新房子出現，而我們住過的那間房子只留存在我們的記憶中。

【附錄】關於寒冬的其他書寫

- 寒冬末日

Mark Maslin, *Climate Change. A Very Short Introduction*, Oxford University Press, Oxford 2014.

- 百年來最熱的十年

可參考 P. D. Jones, D. E. Parker, T. J. Osborn e K. R. Briffa, *Global and Hemispheric Temperature Anomalies – Land and Marine Instrumental Records*, 2015. DOI 10.3334/CDIAC/cli.002.

- 跨政府氣候變遷委員會

www.ipcc.ch.

該委員會定期公布報告和摘要。

- La mente distorce la geografia, inverte nord e sud, est e ovest.

  Barbara Tversky, *Distortions in memory for maps*, in «Cognitive Psychology». XIII (luglio 1981), n. 3, pp. 407-33.

- 生物多樣性

  Patrick Blandin, *Biodiversité*, Albin Michel, Paris 2010.

- 新罕布夏州之光

  ◇ Henry David Thoreau, *La disobbedienza civile* (1849), a cura di Giangiacomo Gerevini, La Vita Felice, Milano 2007.

  ◇ Henry David Thoreau, *Walden, ovvero Vita nei boschi* (1854), trad. it. di Luca Lamberti, Einaudi, Torino 2015.

  ◇ Theodor Seuss Geisel, *La battaglia del burro*, trad. it. di Anna Sarfatti, Giunti Editore, Firenze 1984.

- 奧羅斯科和達特茅斯學院裡的壁畫

José Clemente Orozco, 1883-1949, a cura di Mario De Micheli, Vangelista, Milano 1981 (catalogo della mostra omonima, Palazzo pubblico del Comune di Siena, 9 maggio - 14 giugno 1981).

- 學院生活

Francis Brown, *A Dartmouth Reader*, Dartmouth Publications, Hanover 1969.

- 美國住宅建築

Don Metz, *Confessions of a Country Architect*, Bunker Hill Publishing, Piermont (N. H.) 2007.

- 為禦寒而吃，也為瞭解自己身在何處而吃

Teresa Lust, *Pass the Polenta. And Other Writings from the Kitchen*, Steerforth Press, South Royalton (Vt.) 1998.

- 以前沒有導航的日子怎麼活？Come si faceva prima del Gps?

John Edward Huth, *The Lost Art of Finding Our Way*, Harvard University Press - Belknap Press, Cambridge (Mass.) 2013.

- 如果迷路，會發生什麼事？

Robert J. Koester, *Lost Person Behavior. A Search and Rescue Guide on Where to Look for Land, Air, and Water*, dbS Productions, Charlottesville (Va.) 2008.

- 保護阿帕拉契山徑

http://www.appalachiantrail.org/home/conservation/advocacy

- 跟航海家一樣學習觀測星象

Edward Hutchins, *Understanding Micronesian navigation*, in D. Gentner e A. Stevens (a cura di),

Mental Models, Lawrence Erlbaum, Hillsdale (N. J.) 1983, pp. 191-225.

• 早起

Gustave Flaubert, *Dictionnaire des idées reçues*, testo stabilito da Louis Conard, 1913, alla voce «Matinal».

• 節制

Paolo Legrenzi, *Frugalità*, il Mulino, Bologna 2014.

• 變形的自然景觀

Adalbert Stifter, *Cristallo di rocca* (1853), a cura di Gabriella Bemporad, Adelphi, Milano 1984.

• 熊的國度

Benjamin Kilham, *Out on a Limb. What Black Bears Taught Me about Intelligence and Intuition,*

Chelsea Green Publishing, Whiter River Junction (Vt.) 2013.

• 如何第一次售屋就把你住的房子賣掉

◇ Vittorio Girotto e Paolo Legrenzi, *Psicologia del pensiero*, il Mulino, Bologna 2004.

◇ Noah J. Goldstein, Steve J. Martin e Robert B. Cialdini, *Yes*, The Free Press, New York 2008.

• 阿法南方古猿

Donald C. Johanson e Maitland Edey, Lucy. *Le origini dell'umanità*, Mondadori, Milano 1981.

• 鴨子行軍

Robert McCloskey, *Make Way for Ducklings*, The Viking Press, New York 1941.

• 坐而言不如起而行

◇ Enrico Cerasuolo, *Last Call* (2013), Massimo Arvat 為 Zenit Arti audicvisive 與 Sokteland

Film 拍攝的紀錄片。

◊ Andrew Friedland, *Should I Burn Wood?*, 諾威奇市於二〇一三年十二月三日假蒙特夏科學博物館舉辦的研討會。

◊ Jay O'Laughlin, *Carbon Sequestration Strategies in the Forest Sector*, Issue Brief n. 11, College of Natural Resources Policy Analysis Group, University of Idaho, Moscow, 2008.

- 在 www.shadowes.org 這個網站可以找到我書中提到的縮時攝影內容。
- 本書中的照片都是用一支舊款手機索尼易利信（Sony Ericsson）W810i 內建相機拍攝。這支手機很輕（不超過五百 kb），明暗反差鮮明——雖然算是低科技產品。

【致謝】

謝謝馬可・威基瓦尼（Marco Vigevani），期待有一天與他在南極洲相見。謝謝寶拉・葛羅（Paola Gallo）、達拉・歐傑羅（Dalia Oggero）、艾弗琳娜・桑唐傑羅（Evelina Santangelo）和瑪莉娜・斯科姆畢利（Marina Schembri）。

衷心感謝約翰・庫維奇（John Kulvicki）和Soo Sunny Park；謝謝蘇珊・布里森（Susan Brison）和科琳・格倫尼・博格斯（Colleen Glenney Boggs）。感謝特蕾莎・魯斯特（Teresa Lust）和貝特・戴維斯（Bert Davis）。感謝赫倫（Herron）、利希滕斯坦（Lichtenstein）和梅（May）三家人。感謝我們的房東。還要感謝B. A. R. N.。最後，我想特別感謝維多里歐・吉羅托（Vittorio Girotto），是他鼓勵我把這本書寫出來。

絕冷一課

La lezione del freddo

作　　者　羅貝托・卡薩提 Roberto Casati
譯　　者　倪安宇
特約編輯　林芳妃
封面設計　莊謹銘
內頁排版　高巧怡
行銷企劃　林芳如
行銷統籌　駱漢琦
業務發行　邱紹溢
業務統籌　郭其彬
責任編輯　何韋毅
副總編輯　蔣慧仙
總 編 輯　李亞南

國家圖書館出版品預行編目（CIP）資料

絕冷一課／羅貝托・卡薩提（Roberto Casati）著；倪安宇譯 .-- 初版 .-- 臺北市：果力文化，漫遊者文化，2019.12
272 面；15×21 公分
譯自：La lezione del freddo
ISBN 978-986-97590-1-4（平裝）
877.6　　108016795

發 行 人　蘇拾平
出　　版　果力文化／漫遊者文化事業股份有限公司
地　　址　台北市松山區復興北路 331 號 4 樓
電　　話　(02) 2715-2022
傳　　真　(02) 2715-2021
讀者服務信箱　service@azothbooks.com
漫遊者臉書　www.facebook.com/azothbooks.read
漫遊者書店　www.azothbooks.com
劃撥帳號　50022001
戶　　名　漫遊者文化事業股份有限公司
初版一刷　2019 年 12 月
定　　價　台幣 360 元
I S B N　978-986-97590-1-4